即使相互嫌弃

你也一直是我

世界的中心

有爱的青春陪伴者

谁动了我的小青梅

廿四欢
Niansihuan

著

花山文艺出版社

图书在版编目（CIP）数据

　　谁动了我的小青梅 / 廿四欢著. —石家庄：花山文艺出版社，2019.5
　　ISBN 978-7-5511-4618-0

　　Ⅰ. ①谁… Ⅱ. ①廿… Ⅲ. ①长篇小说—中国—当代Ⅳ. ①I247.5

　　中国版本图书馆CIP数据核字(2019)第082234号

书　　名：**谁动了我的小青梅**

著　　者：廿四欢

统筹策划：张采鑫

特约编辑：琵　琶

责任编辑：张凤奇　郝卫国

美术编辑：胡彤亮

责任校对：齐　欣

装帧设计：颜小曼　西　楼

封面绘制：小石头

出版发行：花山文艺出版社（邮政编码：050061）

　　　　　（河北省石家庄市友谊北大街330号）

销售热线：0311-88643221/29/35/26

传　　真：0311-88643225

印　　刷：湖南凌宇纸品有限公司

经　　销：新华书店

开　　本：880×1230　1/32

印　　张：9

字　　数：163千字

版　　次：2019年6月第1版

　　　　　2019年6月第1次印刷

书　　号：ISBN 978-7-5511-4618-0

定　　价：36.80元

目录

Contents

目录
Contents

谁动了
我的小青梅

Chapter one
他竟然在撒娇

正值秋末，总角文化公司成立五周年。公司举办了一场盛大的签售会活动，邀请自公司成立之初到如今近百位签约作家代表齐聚沙市，场面之大，让公司上下的员工在这秋高气爽的季节浸湿了衣衫。

江京雨作为言情部门的负责人，仔细检查现场的角角落落，生怕出现丁点儿岔子。口袋里的手机振动了几十次后，江京雨心中的不耐烦终于掩饰不住尽数流露在脸上，她接通电话。

"孟哲冬，你要死啊！"

那头传来满是委屈的男声："我被困在外面，进不去了。"

万达广场外，各家的读者加塞在几排队伍之中，吵闹喧哗，这浩大的阵仗，不知情的还以为是哪家明星在此举办见面会呢。

乌泱泱的人群外围，远远地站了个穿着橘色夹克的男人，他帽檐压得很低，懒懒地靠在旁边的红色摩托车上，说不出的潇洒俊逸。光影挡住了男人半张脸，不知听到什么搞笑的事情，只见他嘴角抿得高高的，难掩愉悦。

"你出来接我嘛！"

他竟然在撒娇！

距离近的几个女生听见他打电话的声音吓得后退一步，纷纷投去奇怪的目光打量他。

"孟哲冬，你几岁了！"江京雨咆哮着的声音大肆从听筒里传出来。

被点名的孟哲冬第一时间拿远了手机，察觉到旁边的几道目光后，她淡定地将帽檐压得更低。他站直身子，单手掐在腰上，不紧不慢地回答："有你在，我愿意永远三岁。"

插科打诨地怼了几个轮回，孟哲冬以自己的无赖加厚脸皮胜出。

"好，我在外面等你，你快点来啊。人越来越多，我怕待会儿挤不进去了……我穿了一件和你上衣一个颜色的外套……啊,你穿的蓝色啊?我看你朋友圈晒的照片是橘红色……什么?前几天拍的照片……江京雨你就作死吧,谁像你似的这样发朋友圈啊……害我白跑了趟商场买外套才来晚的。"

孟哲冬拧着矿泉水瓶灌了口水,举起电话准备继续说单口相声,一撇头,见旁边多出个穿蓝色衣裙的长发女人。他一咧嘴,笑嘻嘻地打招呼:"你来了。"

"我快要忙死了,你还来捣乱。"江京雨双颊绯红,额角挂着细密的汗珠,有些狼狈的同时并不影响她想要展现在众人眼前的优雅文艺形象。

周遭有读者认出江京雨,她是总角文化公司的金牌编辑,手下大神无数,图书销量本本创新高,除去工作能力,本人是一位气质优雅的文艺少女,金玉在外也在内。

察觉到众人的打量,江京雨说话的语气不禁放慢,心平气和地说:"我带你进场。"

"好嘞!"

半个小时后,江京雨抱着肩膀站在活动现场,远远地看着坐在签售舞台正中央的孟哲冬。他已经脱掉那件印着夸张图案的橘红色夹克外套,嘻哈风十足的棒球帽也摘掉,此刻的他穿一件领口文着简单刺绣的白色衬衣，俊朗如玉。孟哲冬从小到大皮肤白，眉眼秀气，因为孟爷爷严苛的家教方式，逼得孟哲冬在外人面前一贯沉稳大气、温暖细心，也只有她见过孟哲冬傲娇嚣张幼稚没脑子的一面。

"哇，好厉害！"人群中爆发出一阵夸张的惊叹。

江京雨看过去，是孟哲冬前方的那支队伍。几个女生凑在桌子前面，聚精会神地盯着他签字的钢笔，一脸崇拜与羡慕。

不用想也知道，一定是孟哲冬在签名时装作不经意秀了下书法才引起的阵阵躁动。

孟爷爷在沙市算是小有名气的书法家，江京雨和孟哲冬在同龄人还趴在地上弹弹珠玩泥巴的年纪就被孟爷爷按在书桌旁与文房四宝打交道。江京雨为了在练完一百个大字后能吃到孟奶奶烤的小蛋糕，欢天喜地地闷在房里写字，可孟哲冬最讨厌吃甜食，所以更讨厌写大字。

江京雨握着毛笔写字时，孟哲冬就躺在红木书桌下面抱着软绵绵的方形抱枕睡大觉。

等到孟爷爷进来检查时，偷懒的孟哲冬就从江京雨写的纸里抽一半出来挪为私有，江京雨要告状，孟哲冬就霸道地威胁她说如果告状就不让她来自己家了，如果不告状，他那份小蛋糕就归她。

五岁的小江京雨舔舔嘴唇，想到孟奶奶做的美味小蛋糕，听话地点点头。

孟爷爷不费吹灰之力便识破了孟哲冬的小伎俩，罚他写了两百个大字，写不完不准吃饭。孟哲冬整整写了三个钟头，眼泪汪汪地从墨水中抬起头时，看到江京雨正捧着最后一个偷偷留下的小蛋糕，递给他。

不爱吃甜食的孟哲冬觉得，那个小蛋糕是全天下最美味的东西。因为太饿了，什么都是香的。

后来，孟哲冬为了偷拿江京雨的练字纸不被爷爷发现，竟然练就了一手与江京雨写相同笔迹的能力。孟爷爷不可思议地对比着几张练字纸与孟哲冬当场写的几个字，竟找不出任何毛病。

如今，江京雨写得一手好书法，染浓了几缸洗笔水，可孟哲冬天天偷懒，竟也有一手好书法。江京雨心里那个气啊。

"哼！"江京雨鼻孔出气，不屑地偏了脑袋，翻了个大大的白眼，"投机取巧。"

旁边站着的同事误以为组长在和自己说话，忙偏头搭腔："江江姐，什么事？"

"没。"江京雨摇摇头，状似不经意地冲台子上扬扬下巴，"写言情的男作者挺受女孩子喜欢的。"

"长得帅嘛！"同事红着脸，看向签售舞台上唯一的那位男作者——孟哲冬。

江京雨吃了一惊，不解地看向同事，反问："你觉得他长得帅？"

"嗯！不止颜值高，脾气还特别好。"

江京雨无语："你和他很熟吗？"

"不熟……"

"那你说他脾气好？"

"大家都这么说。"同事认真地解释起来，"他是南大中文系的，我有一个妹妹和他同校同专业，她告诉我的。受欢迎、有才华、人缘好……"

江京雨面色平静地听同事说话，心里不住地"呵呵"。

这次签售会排场大，突发事故自然也多了起来，好在所有工作人员心中保持着高度警惕，控制着入场人数，及时地一一将问题化解掉，保证活动的顺利进行。

日头悬在正顶时，上午场结束了，因为参与人数超额，活动时长足足延迟了一个半小时。场地中已经有不少读者积极地提早占着下午场位置，江京雨活动下酸掉的肩膀和脚踝，从工作人员手中接过盒饭。虽然身处美食店铺环绕的商场，可哪有工夫坐下来好好吃口东西啊，毕竟半个小时后，下午场的签售会就要开始了。

她随意扒了两口吃的，开始指挥工作人员收拾略微凌乱的会场。

结束了签售活动的孟哲冬并没有离开，他在商场四楼转了一圈，又重新回到签售会场所在的大厅。遥遥地便看到那抹湖蓝色的忙碌身影，江京雨像是个陀螺，旋转在会场的角角落落。女领导多是干练厉色，沉浸工作的江京雨却柔声细语，软糯的口音像是缓缓流淌的江南静水，面对有工作人员犯错，江京雨也只是稍稍地一抿嘴，眉头微蹙起来，开口时，还是一如既往地温柔大方。

见她这模样，孟哲冬想到她在自己跟前的样子，忍不住"啧啧"地自嘲起来。

孟哲冬在角落的塑料椅上坐了足足一刻钟后，江京雨看见了他，慢吞吞地挪着步子朝这个方向过来，声音中满是疲惫："你怎么没回学校？"下午场换了另外一批作者签售，江京雨记得孟哲冬说下午学校有辩论赛。

"摩托被保安拖走了。"孟哲冬苦恼地说完，拎高了手中的购物袋塞到江京雨怀里，"这个给你。"

"什么？"江京雨看到嫩绿色鞋盒子上眼熟的LOGO，这是她常穿的一个鞋子品牌。

孟哲冬随意地靠在身后的铁架上，抬脚踢了踢江京雨脚上那双为了搭配长裙穿的低跟小皮鞋，淡淡地吐槽："知道今天忙，还穿双不舒服的鞋子，是不是没脑子。"

"喊！"江京雨跺跺脚，"鞋子舒服不舒服，谁穿谁知道！要你管！"

"是吗？"孟哲冬稳稳地接住江京雨丢回来的鞋盒，不急不缓地回忆，"上午时也不知道是谁，一直坐在那儿。"

江京雨在公共场合一直保持着一个习惯，能站着绝不坐着，孟哲冬就是吃准了她这一点，见到上午活动时，她一直在会场角落坐着，便猜到鞋子不合脚，又见她忙碌时，走路的步子略显温暾，就更确定这一猜测。

"晚上不是还有晚会，我可不想把你背回家。"孟哲冬拆开包装盒，从里面拿出鞋子，俯身将鞋子递到她的脚边，示意她脱鞋。

脚确实疼得厉害的江京雨没有继续和他僵持，她乖乖地脱掉了鞋子，借着他递鞋的动作穿好。

她穿另一只时，孟哲冬突然仰起头，煞有介事地问她："你最近是不是又重了，感觉脚面上的肉多了不少。"

江京雨一米六八的个头，前凸后翘身材好得很，而且她有心注重饮食和运动，所以体重一直保持在百斤以下，只不过她天生长了一双大脚，扁平足，脚面肉多还没有脚踝，所以赤足时乍看胖得厉害。

自打小时候两人下水学游泳，孟哲冬发现了这个大秘密后，从此便开始乐此不疲地取笑她。

"孟哲冬，你去死吧！"江京雨穿好鞋子，敏捷地踢了孟哲冬一脚，不顾身后人抱着小腿惨叫声不断，扭头就走。

会场中央有两家读者争执起来，安保人员已经在维持秩序，但效果不佳。扎麻花辫的女生随口和同伴吐槽某某作者抄袭前辈的文章，被另一支队伍里的读者听到，双方各持己见争执起来，因为口不择言地辩解，对峙逐渐上升到了两家读者，越来越多的人参与进来，场面一时混乱。

江京雨和几个同事闻声过去时，麻花辫女生被人扯松了头发，争得面红耳赤。

"看什么呢，把她们拉开啊！"江京雨扫了眼在旁边看戏的安保人员沉声命令。

众人清醒，手忙脚乱地将双方阵营拉开。

"什么样子的作者就有什么样子的粉丝，没素质！"

"抄袭狗滚出去！"

不顾拉架的人存在，几个女生口水辱骂外加手舞足蹈地拳打脚踢，毫无形象。江京雨扯着麻花辫女生的胳膊，试图让她冷静下来，谁知女生愤怒地扬着胳膊往空中大力一甩，腕上戴着的银色表盘"哐"的一声撞在身边人的额头上。

"都住手！"孟哲冬不知什么时候出现在混乱之中，在胳膊挥过来前挡在了江京雨旁边。江京雨张大嘴巴，看着孟哲冬额头上隐隐渗出的鲜血，一时失了分寸。孟哲冬的右手还扶在江京雨肩膀上保持着刚刚把她推开的姿势，他淡定地冲江京雨挤挤眼，表示自己没事，随后转过脑袋扫了眼旁边的几个闹事者，挨个看过去，抬高声音，"你们现在已经造成了人身攻击，保安，把她们先带走，然后通知警察。"

几分钟后，为首的四个女生被强制性地带到了休息室。

江京雨红着眼，四处找医药箱。孟哲冬气定神闲地站在旁边，盯着她此刻心急气躁团团转的模样，好心情地咧嘴笑了下，出声喊她："喂，你是个淑女，要注意形象，你现在真应该照照镜子，看看你这一脸愁容。"

"你都破相了，积点儿口德吧。"

"假的。"孟哲冬突然说。

江京雨错愕，始料未及地扭头："啊？"

孟哲冬眯着眼睛，扯了张纸巾去擦额头，那一抹红竟然洇开，逐渐变浅。江京雨还没反应过来，只见孟哲冬手里捏着个东西在空中晃晃，笑得一脸灿烂。

那是她的口红。

不等江京雨发问，孟哲冬炫耀地解释起来："喏，当时她胳膊打过来时，我抬手挡了下，只打到了我的手腕，额头上的血是我提前涂上的口红。不得不说，江京雨，你包里竟然有那么多支口红，我试了好一会儿才找到接近血红的颜色。"

江京雨紧敛着眉毛翻翻包，原本被收纳整齐的几支口红凌乱地扔在包里，内衬被染得五颜六色。她跳脚："孟哲冬，你不知道拧好盖子啊！"

"来不及啊。"孟哲冬一脸无辜，"你也知道，当时情况混乱，我要是再晚一点过去，保不准你就真挂彩了。"孟哲冬佯装生气地抱怨，"喂！我的手腕这都被磕青了，你好歹关心一下啊！"

"我谢谢你啊！"江京雨瞪了他一眼，扭头去休息室查看闹事者的情况。

瞧着江京雨匆匆离开的背影，孟哲冬得逞地咧着嘴角笑起来，起身跟过去。

休息室里，四个小姑娘，两两分组坐在两排椅子上，负气地别着脑袋。

江京雨进门，视线在几人之间转了一圈，走到了两排椅子之间站定："丢人吗？你们丢的不是自己的人，而是你们喜欢的作者的面子。"

小姑娘偏头，看向江京雨。她们几个算是总角图书的铁粉，自然认出眼前人的身份，轻抿着唇，后背渐渐挺直，像是认错的小学生。

有胆子大的姑娘，昂着脑袋辩解："江江姐，是她先冤枉桂花酒抄袭的，我要是不站出来辩解，不就代表默认了吗？"

"辩解了，下次便不会有人误会了吗？"江京雨盯着这个意气用事的小姑娘。

麻花辫女生撇着嘴，在一旁抢白："我说的是事实，下次当然还会说。"

江京雨淡淡地扫过去，后者理直气壮地抬高脑袋，稳稳地接住她投过来的目光。看得出来，麻花辫女生比另三个女生年龄大一些，底气也足，江京雨倒不怕她，琢磨着如何快速解决这事。

"你看过桂花酒的书？"

麻花辫女生答："我从不给抄袭者的书增加点击。"

"没看过，你怎么就断定是抄袭？"

"她是你们公司的签约作者，你说话自然是向着她，向着公司利益，这样对我劝解有意义吗？"人越长大越有自己的立场，不管对与错，对于别人的意见就越听不进去。

江京雨虽有巧舌如簧的能力，却也不好在此时和对方斤斤计较地争执一番。

正当江京雨在心里念叨现在的女生怎么这样没礼貌时，一直站在旁边的孟哲冬开口："我不是公司员工，我能说句公道话吗？"

几道目光落到那个穿着橘红色外套的男人身上，麻花辫女生盯着他压低的帽檐，反问："你是谁？"

孟哲冬没理他，径自问她："你是一条鲸鱼的忠实读者吧？"

"你怎么知道？"

　　江京雨抽抽嘴角，为他的不要脸感到无奈。他此刻的模样，颇有辩论赛场上他咄咄逼人的架势，冷静而逻辑清晰："你不用管我怎么知道的，请你回答是或者不是。"

　　"是。"

　　"有多喜欢他的书？"

　　麻花辫女生一脸骄傲："每一本都看过。"

　　"很好。"帽檐下的那张脸露笑，嘴角微微弯起，"那你一定也知道他那本《往后余生》和一个日剧的感情线相似吧？还有《就是爱你》那本，在人设上和另一位言情作家相同，哦，对了，《特别的人》在情节上也有几处推理设定和日本某推理小说家的不谋而合。"

　　麻花辫女生着急辩解："'鲸鱼'在微博上解释过啊，他说自己没看过那几部作品。"

　　"他说你就信吗？"孟哲冬淡定地提醒她，"小姑娘，做人不要双标啊。"

　　一阵沉默，麻花辫女生冷静了会儿终于意识到一个问题："你了解'鲸鱼'吗，凭什么在这儿乱说。"

　　"我确实不太了解他。"

　　麻花辫女生恢复了神气，昂首挺胸地盯着他。

　　孟哲冬倒是也不卑不亢，气定神闲地说："我啊，只是在向你展示，我刚才冤枉你喜欢作者的情形，你想想在会场里自己咄咄逼人的模样，难道不觉着眼熟吗？小妹妹，维护自己喜欢的人没错，但是如果要诋毁其他人来达到维护的目的，那就过分了。"

"如果我说的是事实，就不是在诋毁，而你满嘴胡言乱语，这才是没有分寸呢。"

"你又不是'一条鲸鱼'本人，怎么知道事实是什么？"

"那你就是了？"麻花辫姑娘一脸鄙夷地反问。

孟哲冬没回答，轻浮地冷哼了声。

江京雨见势不妙，大步过去拽住孟哲冬的小臂就往外走，不忘叮嘱："你先出去，我来解决。"

孟哲冬不解地撇头，见江京雨满脸无奈地冲他摇头示意，孟哲冬了然，她是不想让自己爆马甲。

"行吧，我去外面等你。"孟哲冬顺从地被推出去。

麻花辫女生低低地嘟囔："以为你是谁啊，凭什么诋毁'鲸鱼'啊。"

孟哲冬已经站在了门外，临关门前，听到这话，轻笑着回头，淡淡地说："因为我就是'一条鲸鱼'啊。"

不等他说完，江京雨"哐"的一下将门板拍过去。孟哲冬摸摸险些被撞到的鼻梁骨，无奈地笑笑。

他的笔名是"一条鲸鱼"。俩人大学毕业那年，江京雨放弃了考研，进入总角文化成为实习编辑，孟哲冬考入本校的研究生，空闲之余心血来潮地开始了写言情小说的道路。他身为中文系的高才生，文笔自然不差，经过江京雨稍微指点，他的稿子竟然通过了主编的审核。确定笔名那天，孟哲冬一副随意散漫的模样，随口说："叫江京雨吧。"

"喂，正经点儿！"

孟哲冬摸挨了摸了一手刀的后脑勺，嘟囔："那就取个谐音，鲸鱼，叫'一条鲸鱼'吧。"

"这么随意吗？"

"我已经很认真地想了。"

江京雨翻了个白眼，确定了这个笔名。堂堂中文系大才子，取个笔名竟然如此"下里巴人"，估计也就只有孟哲冬能办得出来。

下午的小插曲很快被解决，众人的注意力渐渐集中到晚上的公司晚宴上。众多畅销书作者、图书编辑、校对、美工等一大批幕后工作人员以及常合作的几家出版社聚集在宴会厅里，场面好不热闹。

孟哲冬从厕所出来，正站在盥洗台旁洗手，厕所隔间里传出一道正在打电话的声音，孟哲冬听得清楚极了。

"……我说了多少遍啊，京是北京的京，雨是雨天的雨。我可是要用来表白的，你要是把名字印错了，坏我大事，我让你吃不了兜着走。行吧！先挂了，半个小时内，送过来！晚一分钟明天你就交辞职信吧。"

男人讲电话的声音不加遮掩，丝毫不怕别人听到。

马桶抽水的声音响起，男人开门出来。孟哲冬关掉水龙头，甩两下手上的水滴，抬起头从镜子里扫了一眼男人的长相。

眉清目秀，五官周正，没有缺点，也说不出优点。

还算凑合吧。

不过这男人的长相，怎么看着有些眼熟呢？孟哲冬不经意地蹙了下眉头，又从镜子里看他一眼。

男人察觉到孟哲冬的注视，不解地抬起脑袋，大大方方地接受着他的注视。

镜面里，四道目光交汇。

电光石火间，孟哲冬终于找寻到了几乎要被自己丢掉的记忆——这张脸，孟哲冬曾经在江京雨的手机上看到过。当孟哲冬问起这是谁时，江京雨喜滋滋地晃着手机显摆："帅不帅，我们公司新来的老板！我偷拍的！"

呵呵。原来是老板啊。

孟哲冬撇着嘴角，不屑地冷哼一声，扭头走了，独留下西装男人站在那儿一阵莫名其妙。

宴会采用全自助式的用餐方式，更为自由。

江京雨作为公司编辑部的得力干将，游走在宴会厅的每一个角落，谈笑风生。江京雨正和相熟的几个朋友聊起最近的旅行计划，她苦笑着开玩笑："忙啊，编辑的工作忙起来像陀螺似的，一刻不停地转，不像你们作者，时间自由随意安排，写写书，旅旅游。"

抬眼间，她看到孟哲冬出现在甜品桌旁边，挑挑拣拣地往托盘里选着小糕点。他不是最讨厌吃甜食的吗，哼，拿了又不吃，简直浪费。

江京雨分神想着，笑吟吟地看向朋友们，接话："你们好好玩，到时候记得给我带伴手礼啊！"

"必需的！伴手礼和专栏稿，一起交！"

"哈哈！"

几个姑娘聚在一起，话题永远不会简短，从短途旅行聊到彩妆新品再聊到当下比较热的流量小生，话题衔接过渡得自然而流畅。江京雨空腹饮了几杯酒，脸颊泛红，胃里烧灼得有些难受。

碍于聊得正盛，她也不好抽身离开。

"哎，江江，这不是你带的那个男作家，长得好正啊，快喊过来给我们介绍介绍。"

江京雨跟着偏头，见孟哲冬单手端着个托盘朝她们这方向走来，有对他眼生的客人误以为他是服务生，几次搭讪都被孟哲冬机智地化解掉。

还未等江京雨喊他，孟哲冬先一步停在了江京雨跟前，手里装着甜品的托盘往她身前送来。

"给我的？"江京雨迟疑地接过。

孟哲冬保持着帅气而温柔的形象，声音柔和："嗯。别光顾着喝酒，吃点东西。"

旁边几个姐妹眼神暧昧地对视一眼，趁这工夫，孟哲冬轻微地垂下脑袋，凑近江京雨些，低声说："都是你爱吃的。"

"谢谢。"江京雨脸一热，不解孟哲冬为什么突然对自己这样周到。

想以前，这家伙不从自己盘子里抢吃的就不错了。

"哎哟，都是你喜欢吃的。"有人拖着长音打趣，"江江，还不介绍介绍，这是谁啊？"

在出版圈写言情的男作者本就稀有，加上孟哲冬的形象放在娱乐圈又属于分分钟 C 位出道的那类。玉树临风、清风霁月、朗朗少年，这类时常出现在小言男主身上的词汇安在孟哲冬身上一点也不为过。

即便是对他优质皮囊下低劣的恶性了解透彻的发小江京雨，在面对他这俊朗温柔的一面时，也时常会被撩到。眼前这个男生，可是经常在小说中给男女主设置对白情节，熟悉各种套路深受女读者喜爱的小说作家。

他太懂撩小姑娘的套路了。

浪漫又英俊，还细心温柔。

也难怪能惹得陌生人心潮澎湃。

江京雨呼了口气，想一些孟哲冬的弱智事件让自己心情平定。她介绍："他是我们部门唯一的男作者，一条鲸鱼。"

待江京雨说完，孟哲冬抢先一步补充："其实我还有另一个身份，是江京雨的男朋友。"

"谁是你女朋友了？"江京雨瞪向他，示意他快点纠正。

谁知孟哲冬像是没看清楚江京雨眼中的警示似的，自顾添油加醋地解释起来："江江脸皮薄，不愿意让公司的人知道她和自己签的作者谈恋爱的事情，所以，"他故作神秘地顿了下，压低声音说，"我就偷偷告诉你们，要保密哦！"

"一定一定！"

"保密保密！"

"江江，要幸福啊！"

江京雨被孟哲冬箍着肩膀揽在怀里，压根儿插不上话，孟哲冬恬不知耻地带着她离开："那我先带我女朋友走了，你们慢慢聊。"

江京雨被迫面带微笑地跟着他走开，走出一段距离后，才摆脱掉他的束缚。

孟哲冬观察着她的脸色，在她生气的前一秒，主动将糕点送过去请罪。饿坏了的江京雨捏了一个小点心吃起来，不忘眨着眼睛瞅他："说说吧，你这次又有什么阴谋？"

　　"你也知道，我太受欢迎了。"孟哲冬挤眉弄眼，说得无奈又心酸，"我要是不这样做，估计今晚宴会结束，我的手机能被打爆。亲爱的江同学，江大姐，多谢你这次仗义相助，请受小弟一拜！"

　　他嬉皮笑脸地说着，江京雨无论如何也生不起气来。

　　多少次了，每次孟哲冬恶作剧似的捉弄了她，反倒被他几句花言巧语就蒙混过去了，唉，江京雨叹口气，心想自己也真的是好糊弄。谁让自己耳根子软呢。

　　江京雨认命地摆摆手，原谅他："下不为例。"

　　"遵命！"孟哲冬一脸殷勤，"你还想吃什么，我去帮你拿。"

　　"去拿点儿水果。"江京雨正张望着那边有什么可选择的。

　　孟哲冬抢答："杧果和草莓，还要什么？"

　　"就这两样吧。"这是她最爱吃的两种水果。

　　被孟哲冬这样一闹，隔天上班，全公司上下都知道江京雨和自家作者谈恋爱的事情。为此，老板卓祈桦特意找她去办公室谈话。

　　进办公室前，江京雨被同事扯住胳膊，反复地叮嘱："听说新老板的脾气古怪得很，上次小媚偷拍他照片被他知道了，叫去办公室责难了好久，然后把小媚开除了。我猜这次一定是你谈恋爱的事情被他知道了，所以找你去谈话。"

"啊？"她在公司兢兢业业，虽然功劳不大，苦劳却也不少，就凭这样一个小事情还能把她开了不成？江京雨努力地开解着自己，不过转念一想，公司是老板的，任何事情全由老板说了算，他要是真的看她不顺眼，开除她只是动动手指头的事情。

江京雨心里乱成了一锅粥，面上却仍然故作镇定地安慰着同事："我的工作能力摆在这里，不会被直接开除的。"

顶多就是扣个奖金。

啊，我的奖金啊。江京雨气定神闲地走去老板办公室，内心却是在无尽地哀号。

怀着这样一种满是疑惑的心理，她坐在老板办公桌对面的椅子上，双手放在膝盖上，略显局促。趁着办公桌前的男人一丝不苟地低头处理着文件，她开始仔细地回忆起公司的规章制度，到底有没有不允许和作者谈恋爱这一说。

反复琢磨了好一会儿，江京雨才猛然间反应过来，自己和孟哲冬，压根儿就没谈恋爱啊。

这样就好办了。

思及此，江京雨长舒了口气，在老板兴师问罪前开口澄清："卓总，我和孟哲冬，我们俩不是男女朋友。"

"嗯？"卓祈桦缓缓地抬起头，盯向她。

见他眼中的错愕，江京雨意识到是自己想错了，不禁亡羊补牢："卓总，您找我什么事？"

"是这样的，"只见他利落地在文件上签好字，合上文件，说，"昨天签售现场，出现了意外，你处理得很好。"

江京雨谦虚："我应该做的。"原来不是孟哲冬的事情，也是，老板日理万机，管理着整个公司，忙碌而辛苦，哪有时间去理会公司的八卦流言啊，"卓总，还有事吗？没事的话我先出去了，十点钟还要开组会。"

卓祈桦慢条斯理地将钢笔拧紧，双手随意地往办公桌沿上一按站起来，居高临下地看她，清冷的嗓音问："所以说，你没有男朋友？"

江京雨吓了一跳，不知这个"小问题"怎么能劳烦大老板亲自站起来询问。因为这紧张的情绪在，回答问题的时候，内心忐忑得厉害，她急切地摆脱两人关系："昨晚宴会上，孟哲冬——哦，这是一条鲸鱼的真名，他其实是拿我做挡箭牌来着，我们俩从小就认识，除了工作外，私底下很熟，所以昨天才开了那么个玩笑。"

"这样啊。"卓祈桦面带微笑地点头。

只见他朝沙发那儿走去，从低矮的茶几上捞起了一大捧包装精美的娇艳玫瑰花，转身朝江京雨这边走来。

江京雨还坐在深色的办公椅上，不解他用意，后背因为紧张绷得笔直，严阵以待。

卓祈桦信步走到她身边，方才还严肃平展的嘴角瞬间向上弯起来，浅浅地笑道："看来这花还没浪费。"

"什么？"

只见卓祈桦往前一伸胳膊，花束送到江京雨身前，她猛地站起来，接也不是，不接也不是

"卓总，这是？"

"送你的。"卓祈桦坦然道。

江京雨机械地接过来，下意识地说："谢谢。"

"原本打算昨天送你的，可看到你男朋友在，觉得不太方便。"看出江京雨的困惑，卓祈桦贴心地解释起来。

并没有外人传的那样严肃古怪，当下的卓祈桦笑语盈盈，如春风拂面。

他认真地和江京雨保持着对视，十分有教养与礼貌地邀约："既然你没有男朋友，那么我可以约你共进晚餐吗？"

因为这次谈话，导致接下来一整天江京雨的心都处在忐忑之中。

在几次工作失误之后，江京雨背起包和助理说了声"我去出版社看一下进度"便离开了公司。

呼吸到大自然新鲜的空气，江京雨紧绷压抑的心情才变得轻松畅快起来。

　　几个小时前，在办公室里，卓祈桦那句"我挺喜欢你的，所以想试试看自己有没有机会做你男朋友"让江京雨一时乱了分寸。

　　江京雨虽然自诩长相出众，家庭条件不错，也一直为了那位Mr. Right 的出现保持着最佳的形象和状态，可……

　　她晃晃脑袋，想到卓祈桦的身价和地位，一时觉着有些不真实，两人差距太悬殊。

　　老板恋上公司职员，这种在小言中常见到并且读者们百看不厌的情节，放在现实生活中却显得尤为不真实。

　　江京雨承认自己爱幻想又花痴，可她也明白适可而止。

　　从出租车上下来时，如果不是手机有电话打进来嗡嗡地振动，恐怕思想神游云外的江京雨就将手机掉在出租车上了。

　　电话接通，那头传来孟哲冬的说话声："江京雨，你在哪儿呢？我和朋友打赌，赢了两张电影票，晚上八点，请你看电影去！"

　　江京雨站在马路牙子上，揉了一下刚才下车时被磕蹭了下的脚踝，随口说："我晚上有事。"

　　"什么事比和我看电影还要重要？"

　　江京雨想了下，郑重其事地说："孟哲冬，告诉你个事，我们公司新来的老板，他说要追我。"

"……"电话那头的人一阵沉默。

江京雨纳罕："喂，喂，孟哲冬你还在吗？是没信号吗？"

她捧着手机自言自语了一会儿，正准备挂断时，孟哲冬的声音再次传来："你现在在哪儿呢？"

"在去出版社的路上。"

"具体地址。"

江京雨不明所以地报上具体地址。

孟哲冬记下来，解释："我就在附近，钱包刚才被偷了，没钱回家了。"

"……"

"你等我会儿，我去找你，你帮我付车钱。"

Chapter two
我养的猪会拱小白菜了

　　孟哲冬从床上跳下来，挂断了电话，着急往外赶。在走廊撞见
正回宿舍的室友，来人问："哲冬，去哪儿？"

　　"我养的猪要吃别人家的菜，我去管管。"

　　"啊？这什么跟什么啊？"

　　不顾室友的迷糊，孟哲冬一阵风似的，"嗖"一下就跑远了。

　　刚到校门口，正巧有辆出租车在路边停着，孟哲冬忙过去拦下
来。车上有未下完的乘客，他便站在一旁等着，漫不经心地盯着手

机上记录着的地址，心里很不舒服。昨天，他特意在宴会上四处说江京雨是自己的女朋友，便是为了让公司上下都知道江京雨不是单身，免去乱七八糟的搭讪和表白。

怎的，还真有人不知天高地厚啊！

孟哲冬心中不顺，郁结着一口气，眼见后座那两个女生慢吞吞下车的动作，禁不住催促起来："同学，我有点急事，能麻烦你快点吗？"

他说完，低头看了眼时间，已经过去五分钟了。

"催什么催，着急就去打别的车啊。"车上有女生拎着重重的两个购物袋，艰难地往车外走。她抬眼打量孟哲冬时，孟哲冬正抬眼看向她的方向，一时间，两人来了个对视。

小姑娘先笑了。

"扑哧"一声，旁边的几个同伴愣了下，不解地打量着两个人。

只见唐桃夭手腕一递，招呼两个同伴接住购物袋，自己则扭头，重新坐回了车厢里。孟哲冬无语地看着她这一连串的动作，心中只想爆粗口。

孟哲冬拧着眉问她："你下不下？"

"不下了。"唐桃夭理直气壮地回答，打量着孟哲冬脸上哑巴吃黄连有苦说不出的模样，心中是无限的畅快。他虽然换了身衣服，但并不妨碍唐桃夭认出他来。

她笑眯眯地弯起眼睛，饶有兴致地问他："你上不上，不上车我可就让司机开走了？"

孟哲冬冷哼一声，拉开副驾驶的车门，坐进去，给司机报了地址。

师傅转头看后座的唐桃夭，问她："姑娘你去哪儿？"

"和他一样。"

孟哲冬翻了个白眼，没心思和她计较。

车子发动，行驶在路上。唐桃夭声音朗朗，和他聊天："喂，孟哲冬，你就是'一条鲸鱼'吧。真想不到，我粉的一个作者，竟然和我同校，缘分啊缘分。我不过是昨天在你签售会上和你见了一面，没想到下午你还能记着我是你的读者，这记忆力也是厉害了。喂，你是不是也觉得我长得很好看啊？"

后座上的姑娘一直喋喋不休地聊天，副驾驶座上的男生却没有给过答复，好像完全不认识似的，就连出租车司机都开始奇怪地在两人之间逡巡着视线，试图看出点儿什么原因来。

直到孟哲冬的手机响了下，有微信进来，是江京雨给他发了个一百块的红包，附带消息："我先回公司了，你自己打车。"

孟哲冬下意识拨通了江京雨的电话，可转念一想，自己这是怎么了。江京雨又不是小孩子，自己怎么就像是担心叔叔家五岁的小丫头迷路似的，生怕江京雨被骗。他终于打破沉默，开口："师傅，麻烦掉头，回学校。"

"不去了？"

"不去了。"

师傅看向后座，问："那姑娘，你呢？"

"我和他一起。"

"哦。"

司机师傅一脸莫名其妙，本着顾客是上帝的原则，在前方路口掉头，原路返回。

江京雨觉得自己有些小题大做了，卓祈桦又不是洪水猛兽，自己为什么要躲避他。如果自己处理不好这件事，弄得卓祈桦尴尬，恐怕自己在公司里做事会更尴尬。

思及此，江京雨在出版社转了一圈后，满身轻松地回公司了。

傍晚，江京雨如约出现在和卓祈桦约定的西餐厅，开始约会。

卓祈桦是个很有教养的人，江京雨不知道说什么，卓祈桦便主动找到话题，让两人之间不那么沉默。他又很细心，入座时给江京雨拉开座椅，用餐时会给江京雨切好牛排。

"看见你办公桌上经常有小蛋糕，猜你应该很喜欢甜品吧，这家餐厅的饭后甜品不错，可以尝一下。"你瞧，这样的男人怎么让人讨厌得起来。

"谢谢。"

江京雨逐渐适应着和他的相处，变得自然、放松，并且享受与他的这次约会。

卓祈桦送江京雨回家，江京雨小心翼翼地问他："为什么是我？"她并不记得自己和卓祈桦有过什么近距离的来往。

她认真地仰着脸，观察着他的表情，等待他回答。

卓祈桦是个聪明的男人，浅笑了下并没着急回答，而是反问她："你对我的印象怎么样？"

"你是个很有魅力的男人。"江京雨斟酌用词。

有的恋人一见钟情，有的恋人日久生情。江京雨觉得，自己对于卓祈桦，会随着相处时间的延长，而逐渐增生出好感。一个如此优秀并且不吝对自己展露爱意的男人，她没理由不动心。

她对爱情不理智，可对自己的心，有着准确的估量。

"谢谢。"卓祈桦还是没有回答她，而是面带微笑地看向她，"累了一天，早点休息吧，晚安。"

"晚安。"江京雨没再追问，目送他的车子离开，"路上小心。"

回到公寓，江京雨泡了个舒服的热水澡，靠在床头开始看前几日未看完的推理小说。

过了会儿，手机有消息进来，江京雨看了眼，回复。她看了眼时间，还不算晚，便拨通了孟哲冬的电话。

那头的孟哲冬正躺在床上挺尸，手里捧着本英文原著迟迟不翻页，乍响在宿舍里的铃声让他猛然惊醒，四处找手机。看到来电人后，他竟然渐渐平静下来，嘴角挂着浅笑，清了下嗓子接起电话。

"喂，江大小姐，有何贵干？"孟哲冬说话的声音欢快极了，不像前几秒的沉郁走神。

江京雨将黎落周末过生日的事情说出来，问他："小落让我喊着你一起，你去吗？"

"去啊，为什么不去。"孟哲冬答应得爽快。

"那我给她回复了。"江京雨提醒他，"这周周末，你别再'鸽'（放鸽子）了啊。"

孟哲冬狡辩："我什么时候'鸽'过。"

"喊，还少吗？"江京雨翻了个白眼，开始数落着他的劣迹，不住地控诉，"你和小落谈恋爱那会儿，她没少在我面前吐槽你约会迟到甚至爽约。"

"我那还不是因为……"急于辩解的孟哲冬突然闭嘴。

神经大条的江京雨并未察觉孟哲冬的小心思，她只当他的欲言又止是狡辩，免不了冷哼嘲讽他几句："你说你平时在人前，不是一直保持着温柔细心的形象，怎么对待女朋友，就一点也不绅士了？喂，你说小落是多好的一个姑娘啊，我还想着你俩要是能长长久久地在一起，我和小落也能经常见面。真是的，没想到到最后你俩竟然分了，你这渣男！"

江京雨对着听筒嘿嘿笑着，孟哲冬就安静地听，漫不经心地摆弄着纸质书的书脊。

过了会儿，江京雨单口相声说累了，突然严肃地问他："孟哲冬，你怎么不说话了，面对我的挖苦，你竟然毫无反驳，明天的太阳是要从西边升起来了吗？"

"我困了啊！"孟哲冬愤愤地冲着听筒吼了声，挽回气势。

江京雨自然是不信，大大咧咧地和他继续拌嘴："你在和女生相处时真应该向我们老板取取经。哎，你知道吗，我们老板真的是个特别好的人，和他一起相处真的特别开心，觉着特别轻松自在。"

"是吗？"孟哲冬声音淡淡地回答，"那你们就在一起吧，免得你整天在我耳朵边上烦我，到时候我一定给他包个大红包感谢他。"

"我哪里烦你了？"江京雨不服气地反问他。

孟哲冬心不在焉，声音冷冷地说："哪里都烦。"

江京雨气不过，打算再理论几句，谁知孟哲冬直截了当地来了句"我困了，先挂了"，紧跟着手机发出通话结束的提示音。

江京雨捧着手机，一阵莫名其妙。她打开微信，给孟哲冬发消息："喂，你是不是‘大姨夫’来了，脾气这么差，竟然挂我电话！"

那头没回复。

等江京雨翻了会儿书，关灯睡觉，孟哲冬依然没有回复。

南大宿舍楼，孟哲冬气愤地将书本往墙上一扔，心里乱得厉害。

江京雨神经病吧，真是不领情啊。

两人读大二时，江京雨领着个叫黎落的花苞头女生跟他一起去图书馆、一起吃饭、一起看电影，他没多想，只当黎落是江京雨的朋友，便一视同仁地照顾着，突然有一天，江京雨贼兮兮地问孟哲冬："你觉得小落怎么样？"

孟哲冬说："性格挺好的。"

江京雨一脸惊喜地看着他，郑重其事地说："小落一直很喜欢你，你要不要和她在一起试试啊？"还没等孟哲冬拒绝呢，江京雨就乐呵呵地一拍他肩膀，反复交代，"小落是我最好的朋友，你可不能欺负她啊。要是被我知道了，当心我作为娘家人替小落报仇！"

于是就这样，孟哲冬就稀里糊涂地和黎落开始谈恋爱。

三人行，渐渐变成两人行，不愿当电灯泡的江京雨离开了他们的生活节奏。

孟哲冬第一次"鸽"了和黎落的约会，是因为江京雨骑自行车摔伤了脚踝。他急忙赶去医院，忘记告知正在电影院等他出现的黎落一声。

第二次"鸽"了黎落，是江京雨在校园和路边缺斤少两的小摊贩理论，被几个大人责难。

第三次"鸽"了黎落……

第四次"鸽"了黎落……

孟哲冬忘记自己一共"鸽"了黎落多少次，不过次次都是因为江京雨的状况百出。

谁知道江京雨倒不领他的情，反过来还要对他多加责备。孟哲冬真是有苦说不出啊。

接连几天，江京雨像只陀螺似的忙碌着工作，等到反应过来时，才发现孟哲冬好久没有联系她了。

直到周六，约定的野餐时间到了。

江京雨拨通了孟哲冬的电话："喂，好心提醒你，小落的生日是今天，你不要赖床了！"

"早就起来了。"电话那头声音闷闷的，像是有些感冒。

江京雨脱口而出关心他："你感冒了吗，怎么声音听起来这么沉？"

"没有。"孟哲冬轻咳了两嗓子，再开口时，声音爽朗清脆不少，"这样呢，还沉吗？"

"好多了。"江京雨摆弄着两件衣服，晃在试衣镜前面纠结要穿哪件，"孟哲冬，你这几天很忙吗，为什么都没有给我发消息？"

江京雨歪着脑袋用肩膀夹着手机，一左一右两件衣服对比了半天，最终选了左边那身，换好。随着她话音刚落，他几乎是毫不犹豫地回答了："你也没有联系我啊。"

江京雨愤愤地将衣服往旁边的椅背上一扔，解释："最近工作忙得要死，哪有空发消息给你。"

孟哲冬正经地强词夺理："你既然工作那么忙，我发消息过去只会打扰你，我没联系你正好让你专注工作。"

"我'呵呵'了。"江京雨不屑地哼着气，正欲回击时，手机提示音响起来，她不得不改了口，"先挂了，小落打电话过来了，估计快到了，我出门了。"

孟哲冬一副小人得志的口气："说不过我就来挂电话遁，没意思。"

"呵呵！再见！"

"呵呵！不见！"

"行啊，那你待会儿别让我看见你，要是看到你我保准把你踹下车。"

"略略，我乐意。"

两个人像是小孩子似的又拌了几句嘴才挂了电话。

黎落和男友蒋格晨开车接到江京雨。江京雨和黎落是大学室友兼最好的闺蜜，虽然因为孟哲冬的事情让两人间的关系闹过一点小小的不愉快，不过好在最终还是解决了。江京雨一上车，坐在后座的两个人就开始叽叽喳喳地聊个不停。

前面开车的蒋格晨插不上话，只笑道："你们俩的感情真好！"

"那是。"黎落一脸骄傲，"上学时班上人都说我俩是连体婴儿呢！"

"学生时代的感情最让人怀念了。"

蒋格晨比黎落大五岁，是个医生。去年冬天，黎落去医院拔智齿，遇见蒋格晨，一见钟情，便暗戳戳地展开了追逐之路。最终，高冷男神蒋格晨被利落收入囊中。

江京雨小声打听："你们俩有结婚的打算吗？"

"上个月已经领证了。"黎落小声地冲着江京雨的耳朵低低地说。江京雨吃惊地捂住了嘴巴，只见黎落幸福地眯起眼睛，撑开右手在江京雨面前晃了晃，"看，这戒指，好看吗？"

"好看。"江京雨默默地吞了下口水。

黎落扒着车座的椅背，往前露个头和蒋格晨说话。蒋格晨将放在储物格里的两张请柬递给黎落。黎落郑重其事地交给江京雨，喜滋滋道："婚礼下个月举行，正式邀请你来参加，这是你和孟哲冬的请柬。"

"哇，祝你幸福！"江京雨为她感到开心，抱了抱她。

黎落回抱着她，笑道："你也赶快啊！"

"随缘随缘。"

车子在南大校门外停下，黎落从后座下去，坐到副驾驶座上，孟哲冬和江京雨坐在后座。

江京雨翻着请束，故意不去看他。前座黎落正和蒋格晨说话，咯咯地笑着，好不愉快，衬得后座的气氛越发冷清。

突然，江京雨的腿上多出来一个棕色的纸袋。

"干吗！"江京雨嘴硬心软，怒目歪头看向孟哲，"你打扰我想事情了。"

孟哲冬耸耸肩膀，挑眉："糖炒栗子，吃不吃？"

"吃！"江京雨阻止孟哲要把纸袋抢回去的动作，低头拆开纸袋。看到热腾腾泛着香味的糖炒栗子，她眼睛亮亮的，心中一暖，孟哲冬总是清楚地记着她爱吃什么不爱吃什么。

江京雨客气地抓了一把给孟哲冬，后者昂着一张脸，没接，冷声强调："这是我吃不了的，所以才给你。"

"不吃拉倒！"江京雨又不傻，这满满当当的一整袋，怎么会是他吃剩下的。江京雨懒得理他，探着身子给黎落栗子吃。

江京雨一边吃着栗子，故意大声和黎落一唱一和地评价栗子有多好吃，模样滑稽又讨喜。孟哲冬也不插话，将脑袋别向窗外，在江京雨看不见的地方微微弯了下嘴角。

如果不是卓祈桦的电话，冷战估计就结束了。看着江京雨小心翼翼地捧着手机讲电话的模样，孟哲冬就忍不住冷哼出声。

"我现在正和朋友去野餐……晚上估计回来会很晚……嗯，那周一见。拜拜。"

孟哲冬撇着嘴，长手一捞将放在旁边的纸袋拿起来，自己津津有味地吃起来。

江京雨已经挂了电话，见状不禁嘲讽起来："不是不吃吗，怎么现在又来抢，哼，打脸不！"

江京雨作势就去夺孟哲冬手里的纸袋，孟哲冬怎么会称她的心意。

"这是我买的。"

"你已经给我了！"

"我后悔了。"

两人为了一袋栗子，争抢了一路，不知是谁松了手没拿稳，纸袋反扣在地上，袋子里的栗子全撒在脚垫上。

江京雨脸一板，生气道："孟哲冬，你是故意的吧！"

"就是不想让你吃。"

"小气鬼！"

低气压一直持续着，不减反增。

到了目的地，车子停下。

说是野餐，其实是去了一处新开的农家乐，刚建设完成没多久，还没对外开放，客人只有他们这一群，四周的景致却不错。

黎落看看两人拌嘴冷战的情形，很想笑却又得憋着，只说："你们先随便逛逛，我们还有几个朋友在路上，等午餐的时候我们碰头。"黎落冲两人比画了下手指，笑道，"电话联系！"

"好。"两人点头。

"那我们去哪儿呢？"江京雨鼓着腮帮子，东张西望地转着脑袋，眼睛突然一亮，"你不是喜欢钓鱼吗，我们去钓鱼吧！"

孟哲冬面露鄙夷："你确定吗，我怕你坐不了两分钟就丧失耐心跑了。"

"确定啊。我现在进步了，可以坚持五分钟不发飙。"

"那走吧。"孟哲冬歪歪脑袋，笑，"看你能不能在五分钟内钓上一条。"

两人摆弄好工具在水库旁边坐下。从小到大，孟哲冬骨子里不安分因子就偏多，像是有多动症似的，时不时戳戳这里动动那里，任怎么管教都不见效。后来，因为不愿让孟爷爷操心，渐渐开始变得懂事。孟爷爷平生最爱钓鱼，自打去年冬天孟爷爷去世，孟哲冬有空便会去钓鱼，像是用此来转移注意力，又像是以此来怀念爷爷。

五分钟过去了，江京雨的鱼钩安安静静，而孟哲冬的鱼线正微微晃动。有鱼儿上钩，江京雨恶作剧地捡了块石头，"嗖"的一下冲着那汪涟漪投过去。

　　鱼儿受惊，游远了。

　　江京雨得意地扬了下脑袋，却在歪头见到孟哲冬黑着一张脸后，瞬间嘴巴一撇，十分委屈地吐槽："明明都是一样的鱼食，为什么鱼儿偏偏去你那儿却不吃我钩上的啊，不公平不公平！"

　　孟哲冬阴沉的脸色渐渐平缓，江京雨鱼竿一扔，佯装生气道："你钓吧，我在旁边看你。"

　　"随便你。"孟哲冬哭笑不得。

　　江京雨安静地坐着看他钓鱼，上次签售会结束后，有读者在网上发了孟哲冬的照片，底下一水儿夸赞。除去粉丝滤镜不说，这仔细打量一下，孟哲冬的颜值也算是高的。正襟危坐在还没小腿高的马扎上，后背笔直，在夏日明媚的阳光下，一身清爽的他俊朗而生辉，浑身像是泛着光的水晶似的。

　　江京雨坐在那里出神，思绪天马行空地游走着。

　　过了会儿，她嗅到空气中奶香的味道，耸耸鼻子，好奇地扭头去找发源地。距离水库不远处，正走过来一个年轻的男子，穿着水鞋工装裤，手里拎着个塑料水桶，奶香便是从水桶里飘出来的。

　　江京雨好奇，拦住他打招呼："喂，帅哥，这是牛奶吗？"

"新鲜的，刚煮熟，还热呢。"小伙子热情地问她，"你要喝喝看吗？"

江京雨点点头，礼貌地问："可以吗？"

"可以啊！"

小伙子给她拿了一次性纸杯，然后倒满给她。

两人有说有笑地聊起了关于奶牛的一些周边知识，江京雨听得入迷，说话声、笑声尽数传到孟哲冬的耳朵里。孟哲冬瞧着久久没有鱼儿咬住的鱼钩，扭头看向江京雨，提意见："要聊天去一旁聊，鱼儿都吓跑了。"

"略！"江京雨想到那晚的电话，不禁计较起来，"你又嫌我烦。"

孟哲冬一脸无奈，余光瞥了一眼拎水桶的小伙子，淡淡地说："我正钓鱼呢。"

"那我走远点儿！"江京雨看向新认识的小伙子，问，"我能跟你一起去挤牛奶吗？"

"可以啊，不过牛槽有些脏，你换双鞋子吧。"

"唔，我没有多余的鞋子。"

"我帮你找一双。"

"谢谢。你人真好。"

江京雨冲孟哲冬做了个鬼脸，瞬间跑远了。

孟哲冬目送他们离开，重新放好鱼饵继续钓鱼，不过这次他的心思却静不下来，忐忑的、失落的、无措的，到底是一种什么样的情绪，他并不能够准确地描述出来，只是觉得心慌，没完没了的心慌。

　　不知从什么时候开始，自己和江京雨的相处模式变得怪怪的，特别容易一言不合就吵架。以前拌嘴这事常有，孟哲冬也从未上心过，可最近几次，他总会莫名其妙地去在乎一些以前从未在乎过的东西——江京雨的情绪、江京雨的喜好、江京雨身边的朋友、江京雨身边的细碎烦琐的杂事。

　　自己这种反常的举动让一向随性坦荡的孟哲冬感到不安。

　　心一乱，钓鱼这事便泡汤了。孟哲冬重新放好鱼饵，黎落端着两杯冷饮过来，四处张望几下，问孟哲冬："江江呢？"

　　"挤牛奶去了。"孟哲冬头也没抬地回答，尽量专注地钓鱼。

　　黎落"哦"了两声点点头，将其中一杯冷饮递给他，又问："你们俩吵架了？"

　　"没吵架。"

　　"是吗？"黎落在旁边撑开的马扎上坐下，抱着胳膊看向平静的湖面，煞有介事道，"可在我看来，你好像一脸受气的样子。作为你们俩共同的朋友，我就免费倾听一下你们俩吵架的原因吧！"

　　孟哲冬没吱声。

他心中不安的情绪越发浓烈，黎落无意地提到了江京雨，一语中的地点出两人之间的怪异。像是隐藏在内心的小秘密袒露在空气中被人窥探似的，别扭极了。孟哲冬保持沉默，视线大都聚集在湖面上鱼线消失的地方。

久久不见他回答，黎落偏头看他："和我还见外啊，你要不说，我就去问江江。"

"没有原因，两句聊不顺，争执就起来了。"孟哲冬实话实说。

黎落和孟哲冬昔日是情侣，分手后因为江京雨也保持着不近不远的朋友关系。如果搁在以前，孟哲冬肯定会来一句"你去问她吧"，可是近来，孟哲冬也说不准自己这是怎么了，对上江京雨自己总是别别扭扭，像是顾忌着她生气却又无意识地惹她生气。

孟哲冬侧头看看他，打听："她和你说什么了？"

"说什么啊？"

孟哲冬转回头去，也不知道自己想问什么，心里像是被下了蛊似的，希望有什么又不希望有什么。

见他如此这般欲言又止地纠结着，黎落双手托着脑袋，颇有一副心理导师的模样，分析起来："你们俩从小一起长大，吵吵闹闹的，前一秒吵架后一秒就和好了，很少像这样冷战吧。你还记得咱俩分手时，我问你，你是不是喜欢江江，你说只是好朋友。"

孟哲冬看她，皱着眉头不解地问："你想说什么？"

"其实吧……"黎落抿嘴笑着，望了他一眼，继续看向湖面，捡起块石头，打了水漂后才说，"当两个人之间出现了异于目前这段关系的感情，便会开始产生分歧、闹矛盾，甚至冷战。比如恋人想要分手，比如朋友变为恋人之前。如果不正确地处理这个关系，只会让彼此尴尬。你明白我的意思吧。"

孟哲冬没说话，看着险些上钩的鱼被黎落丢出去的石头吓跑。几分钟前，江京雨故意丢石头吓跑那条即将上钩的鱼，当时她一脸狡黠又淘气的模样不经意地被孟哲冬想起，她的故意为之，捣乱后一本正经地狡辩，怕他生气迁怒先一步佯装认真地板起脸……那一连串的表情变化真是让人觉得可爱又可气。

朋友变为恋人的前兆。

这个想法也太荒唐了吧，爱情这种东西出现在他与江京雨之间，真的是奇怪又尴尬。

孟哲冬晃晃脑袋，将那些乱七八糟的情绪抛开。

"你这后知后觉，我作为一个旁观者都看得一清二楚，而你这个当事人却像是个傻瓜。"黎落已经起身，将那杯给江京雨送来的冷饮放到马扎的旁边，出声说，"天气热，这个饮料麻烦你给江江送去吧。"

黎落挥挥手，扬声："走了！"

黎落刚走没多久，还没等孟哲冬去找江京雨，江京雨就端着一大杯鲜牛奶回来了。她炫耀似的将手里的玻璃杯往孟哲冬跟前送来，问他："要喝吗，本姑娘亲手煮的！"

"不喝。"还未仔细琢磨江京雨在自己心里到底是什么样的存在呢，就突然嗅到空气中腥热的牛奶味，孟哲冬瞬间麦毛地提高警惕，下意识地皱起眉头，往后仰了下脑袋躲避，"你绝对是故意的，你知道我最受不了这个味儿！"

"啊，忘记了忘记了。"江京雨将胳膊收回来，拧好盖子适才说，"我刚从那边过来，看到有租车的，后面有环山公路，我们去骑车吧！钓鱼多无聊啊，我们去骑车吧！骑车吧！"

江京雨磨人的本事那是有一手，作为和江京雨相处了二十五年的孟哲冬可谓是深有体会，江京雨屡试不爽的"紧箍咒"让孟哲冬连连败下阵来。

"行吧行吧，你别吵了，前面带路！"孟哲冬被她啰里啰唆闹得钓不成鱼，索性鱼竿一收，跟着她朝山地车租赁处走去。

江京雨挑好了自行车去交押金，翻遍了浑身上下也不见纸币。

"微信付不行吗？"她问。

老板拒绝得干脆："押金一律收现金。"

孟哲冬已经挑好了车子，递了两张百元大钞过来："老板，一起。"

江京雨冲他笑了笑，扬声："走吧。"

谁知孟哲冬压根儿就没理她，往车上一跨，大力地踩着脚镫子就跑出去一大段距离。

"神经病啊！"江京雨一个人闷在原地嘀咕，忙骑车赶上。

孟哲冬在那儿高声喊："来追我啊！"

江京雨加入过正规的骑行俱乐部，接连骑几公里都不带喘气的，超过他简直是分分钟的事。江京雨加速超过他，挥挥胳膊，取笑："走咯！慢吞吞的蜗牛！"

孟哲冬自小运动细胞就不错，骑车这项运动自然也不会输。蜿蜒的盘山公路上，两人你赶超我，我赶超你，不到半个钟头就到了山顶。

"一览众山小，好美啊！"江京雨伸着胳膊站在山顶呼吸新鲜空气。

孟哲冬站在旁边，冲着眼前的美景大声吼："江京雨是个大笨蛋！"

江京雨偏着脑袋白了他一眼，手掌圈成一个圈放在嘴边，不甘示弱地扯着嗓子大声喊："孟哲冬是个大笨蛋！大笨蛋！笨蛋！蛋！"她还饶有兴致地模拟出山谷回声的效果，拖着个长音，声音软糯而俏皮。

两人并排坐在滚烫的水泥地上，背后放着一白一黑两辆山地车。

眼前是如画唯美的风景，身边是结识多年的挚友，心中藏着舒畅而惬意的情绪。

江京雨突然推了孟哲冬的肩膀一下，指指前面的大片人工湖，笑得开心："孟哲冬，你说湖里有鱼吗？"

"谁知道呢。"

"猜一下嘛！"

孟哲冬无奈地继续配合："我猜没有。"

"我猜有啊！"江京雨笑得一脸明媚，她冲着人工湖的方向抬抬下巴，一脸鄙夷地说，"刚刚我们不就是在那里钓鱼吗？笨死算了。"

"呵呵。"

孟哲冬一定是傻了，才会不厌其烦地配合她。

山上太阳晒得厉害，两人坐了一会儿，黎落打电话过来说人到齐了问他们在哪里，江京雨回说马上下去，两人便起身离开。

下山时，江京雨完全松开手刹在前面骑得飞快，孟哲冬倒不像上坡时那么高的兴致了。他跟在江京雨的身后，拉开一段不近不远的距离，追随着她的背影。

大三那年，江京雨跟着骑行俱乐部出行，为了避开路边蹿出的小狗与同伴的车子相撞险些骨折，所以自那后，孟哲冬下意识地便会提醒江京雨骑车时小心点儿，可江京雨性子野惯了，摸到车把就像插上翅膀似的，只恨自己飞得太低。

孟哲冬跟在她的身后，望着她蹁跹曼妙的背影，纳闷那个扎着两条马尾辫的小姑娘什么时候突然就长大了。在时间这个大洪流中，他们两个人显得那样渺小，不知不觉中，他们竟然已经认识二十五年了。

同一家医院，同一个产房，孟家和江家两个小辈同时降生。

父辈是关系要好的世交，小辈也因此有了更多接触的机会。

小学时——

"孟哲冬，王小明在我新买的橡皮上画了猪头。"

"我帮你揍他。"

初中时——

"孟哲冬，你怎么这么讨厌啊，谁让你去揍李成玉的！"

"我看见他偷偷扯你马尾。"

高中时——

"孟哲冬，我们为什么从小到大都在同校啊，有你在真是断我的桃花运。我要好好学习，争取大学不和你一起。"

"行啊，你加油！"

大学时——

"孟哲冬，我帮你介绍个女朋友吧，这样你就不会干涉我和其他男生玩了。"

"我不喜欢她。"

大学毕业了——

"孟哲冬，我要去当图书编辑了。你要是写书该多好啊，我可以第一本制作你的。"

"那我写写看。"

江京雨，你发现了吗？

原来你一直是我世界的中心。

在水库旁边黎落的那几句旁观者之言让孟哲冬顿觉醍醐灌顶，有些压抑在他心中的混沌情绪，因为那几句话变得清晰明朗。是的，对于江京雨，孟哲冬不知在什么时候已经萌生除了友情之外的其他情绪，那是一种叫作"爱情"的感情，但是当这个念头冒出心尖时，他却胆怯地踟蹰了。

他们之间的这种感情，应该更像是亲情吧。这个从蹒跚学步便在自己身边的姑娘，像是妹妹一样存在着，可孟哲冬心里又明显地感知到，自己对于江京雨和其他异性相处会流露出嫉妒，这种抵触的情绪在最近一段时间尤为强烈。

在卫生间无意中听到卓祈桦的表白计划，原本他那种予以打乱的行为自以为是一种恶作剧，可是当后来知道了江京雨被卓祈桦表白并且提出约会的事情后，自己便不淡定了，那种慌乱和失措是一向冷静随性的他不应具备的情绪。

所以，江江。

我对你，到底是不是爱情啊。

如果是，那我该怎么办？

如果不是，我又该怎么办？

Chapter three
兔子想吃窝边草

　　从盘山路上下来，已经接近午饭时间。黎落邀请的其他几个朋友都到了，半数以上是他们的共同朋友，也有不少黎落工作上的同事，以及被黎落某位同事带来的妹妹唐桃夭。

　　唐桃夭正照着农家乐里的方向指示标找厕所，一辆黑色山地车加速驶过，唐桃夭抱怨几句，谁知一抬头喜滋滋地眯起了眼睛："哟！孟哲冬，真是有缘啊！"

　　听见有人喊自己，孟哲冬微微偏了下头，只见一个穿着像向日葵的女生正尾随着自己的车子狂奔。因为孟哲冬扭头回望的原因，车速被控制着渐渐减速。唐桃夭也是大胆，迈着腿快跑了两步，"嗖"的一下跳到了孟哲冬的车后座上。

孟哲冬已经回正了脑袋，正欲朝着前面江京雨的车子赶去时，突然觉着车后座一沉，再偏头，"向日葵"正冲着自己笑得灿烂明媚。

"下去。"孟哲冬微微拧起眉，下逐客令。

唐桃夭俏皮地做着鬼脸，耍无赖。

孟哲冬突然刹车，单腿撑着地，瞪她。

眼神有些吓人，唐桃夭小心翼翼地觑了他一眼，磨蹭地从后座上跳下来，嘴里不住地嘟囔："载我一下怎么了嘛，我又不沉。"

孟哲冬没理她，重新蹬着脚踏板，朝租赁处去。

唐桃夭本想跟过去，姐姐却在不远处喊自己，唐桃夭应了声，跟着姐姐朝包厢走去。

江京雨和孟哲冬一同回到聚餐的包间内，黎落正在抻着手指给人看自己的钻戒："从现在起，我就步入已婚的行列了啊！"

正说着呢，黎落看到两人进来，忙冲他们招招手，示意："江江，你们俩回来了。"

"好多人啊。"江京雨变魔术似的从口袋里掏出个礼品盒，笑道，"生日快乐！"

　　"你什么时候准备的，来的路上我怎么没发现呢。你今年送我什么啊，不会又是书店的购物卡吧？"黎落将长形的礼盒接过去，有些期待又有些怀疑地打开，见到盒里的东西，不禁哀叹出声，"真的又是购物卡！"

　　江京雨眨眨眼，示意她："你再仔细看看。"

　　黎落仔细打量着硬质卡片，看不出个所以然来。

　　江京雨毫不客气地拍了下她的脑袋，幸灾乐祸地提醒："这是一张新的购物卡啊！"

　　"江京雨！"

　　"哈哈哈……"

　　这边江京雨和黎落推搡着开玩笑，将藏了许久的真正礼物送出去，那边孟哲冬的身旁多了个"向日葵"。

　　唐桃夭原本只是因为周末憋在宿舍无聊才跟着姐姐来农家乐凑热闹的，谁知道竟然能够碰见熟人，自然觉得亲切万分。唐桃夭的性子自小就是跳脱外向、人来疯，在她和孟哲冬不太熟的情况下也并不能够影响她凑到人跟前聊天。

　　"哎，原来你和她是朋友啊。"唐桃夭眉飞色舞地看着他。

　　孟哲冬自然知道这个"她"指的是江京雨，上次签售会的撞面，唐桃夭先入为主地定义他们两人是编辑和作者的关系，今天在这个生日会上见到，才知道得更加具体。

唐桃夭十分八卦地瞎侃起来："你和她是早就认识，还是因为写小说才认识的？"

"不要提我写小说的事情。"孟哲冬在人前一向随和大方，鲜少不加遮掩地露出愠色或者疏离刻薄地划清界限，但是自打遇见唐桃夭后，这个小姑娘每次都能让他炸毛。

唐桃夭似乎并不在意孟哲冬的反感，继续我行我素地出现在他身边。高二时，唐桃夭第一次读到孟哲冬的小说。几年来，他出版的每一本书唐桃夭都会反复读好几遍，这期间伴随着唐桃夭最多的情绪便是惊讶——从最初知道这个作者竟然是个男生的惊讶，到最近知道孟哲冬竟然和自己是校友的惊讶。

唐桃夭属于自来熟、人来疯，自然不会放弃掉和喜欢了几年的作者近距离接触的机会。听孟哲冬这样说，她像是发现了什么惊天大秘密似的，惊呼出声："原来你不想让别人知道啊！"

她扯着嗓子喊的这一声，吸引了不少视线过来，其中就包括江京雨。

江京雨见孟哲冬身边站着的姑娘有点眼熟，但一时又想不起来在哪里见过。江京雨鬼机灵地朝两人走过去，正打算帮孟哲冬赶去这烂桃花时，瞧见对方嘴角浅浅的漂亮梨窝，瞬间想起来，禁不住露了笑，打招呼："是你啊。"

唐桃夭热情地冲江京雨挥挥手，回应她："江江姐。"

对江京雨的印象，唐桃夭更多的是崇拜与折服，并带着丝丝的无奈。那天总角文化公司在万达广场举办的签售会由她引起了一点小误会。在休息室里，唐桃夭以为江京雨会对她辩论似的进行教育，却不想江京雨找人去书店买了两本小说，当着唐桃夭以及其他几个读者的面，分析起这两本小说中"被认定是抄袭和融梗"的部分。

这个方法很笨，却也是最有效的。

唐桃夭不知道自己最终是被江京雨的耐心所打动，还是因为她那有理有据地专业性的分析。

最终，唐桃夭主动向那个叫作"桂花酒"的作者道歉，事情得到解决。

因为上次的那个小插曲，今天再见江京雨，唐桃夭感到格外亲切。她热情地凑到江京雨身边，像是老朋友似的十分亲昵地挽住了江京雨的胳膊，说话语速快得像是蹦豆子似的："真的好巧啊，没想到在这里能遇见你。你刚才是去山上骑车了吗，山上的风景好看吗，热不热啊？"

事无巨细地问了一连串问题，唐桃夭活脱脱的像是个废话篓子。

江京雨好脾气地面带微笑，一一回答着她的问题。

孟哲冬在旁边瞧着单纯爽朗的唐桃夭，竟也不像前几次见她时那样反感了。

酒足饭饱后，众人又转战旁边的棋牌室。江京雨百无聊赖，四处在室外踱着步子。她走的这条街道，头顶是茂密如盖的树荫，削减了炎炎夏日的闷热与烤炙。江京雨蹲在路边对着花丛拍了几张照片，准备搜索一下这一簇未知名的小花叫什么名字。

她注意力都集中在手机上，没注意由远及近走来的脚步声。直到一双深棕色的男士皮鞋出现在她的视线范围内，江京雨才后知后觉地抬头去看，正对上卓祈桦居高临下投过来的目光。

"卓总。"江京雨慌忙起身，笑吟吟地打招呼，"没想到在这儿能遇见你，好巧。"

"是巧。"卓祈桦嘴角噙着浅浅的笑意，和煦而温暖。他一身随意的休闲装束倒是比在公司常见的形象少了几分严谨与刻板，从容坦荡得更像是朋友。

简单地问候后，卓祈桦并没有继续说话。江京雨谨慎地正打算寻找话题时，只见卓祈桦缓缓地抬起胳膊，手指朝着江京雨的脸颊过来。

要做什么？

江京雨怔了下，下意识后退，双颊随着他渐渐靠近的动作变得热起来，像是醉酒后留下的两坨绯红。

"卓总。"江京雨出声制止他。

卓祈桦嘴角带笑，胳膊撤回去，手指尖捏着刚才从江京雨发丝间拿下来的落叶，解释道："有片树叶，应该是刚刚你蹲在那儿时落上的。"

"谢谢。"江京雨松了口气，竟有些忐忑。

卓祈桦似是没注意到江京雨的情绪变化，随口和江京雨攀谈起来。原来这处农家乐是卓祈桦投资的。说来也巧，农家乐的老板是蒋格晨的朋友，蒋格晨是江京雨闺蜜的恋人，卓祈桦作为投资者与农家乐的老板是朋友。

那么如果卓祈桦没有成为江京雨公司上司，那么依次通过黎落、蒋格晨、农家乐老板便有机会与他认识。所谓的"小世界现象"理论便是如此吧。

和卓祈桦分别后，江京雨一直在想这个理论。最多通过五个人，便足够认识一个陌生人，真的有这样神奇吗？江京雨沿着树荫往前走，由这一个理论引发出无数的联想和假设。

"唐桃夭？"江京雨辨认出前方不远处靠着树干坐在地上的女生。

"江江姐。"唐桃夭应声抬起头，江京雨看清楚了她红肿的半边脸，禁不住捂住嘴巴惊呼出声，"你的脸怎么了？"

"没事，我不小心撞到树上去了。"直爽率真的唐桃夭最不善撒谎，江京雨盯着她左右闪躲的眼神，毫不留情地拆穿她。

唐桃夭思忖片刻，低低地垂下了脑袋，终于选择说实话："我遇到前男友了，他这个渣男，我就是和他争论了几句便被他扇了耳光。江江姐，我求你不要告诉我姐这件事情，我怕她担心我。"

江京雨看着一贯奔放大方的唐桃夭现在胆怯又小心翼翼的样子，一时有些心疼，她答应："我不说，你的脸这样，先别让你姐看见了，我先送你回学校吧。"

"我自己回去就行。"

目送着唐桃夭离开的背影，江京雨心想，如果不是那次签售会上的乌龙，她和唐桃夭又会通过谁联系起来？

只不过当时的江京雨并不知晓，这个数学领域的大胆猜想在江京雨的生活中，真是一次又一次地出现。

从农家乐回来后，卓祈桦约了江京雨几次，两人的关系渐渐变得熟络甚至亲密起来。当江京雨意识到自己内心越来越不安分的悸动时，她觉得是时候可以改变一下两人之间的关系了。

周三那天，卓祈桦约了江京雨下班后去听音乐会。那是江京雨喜欢了许久的交响乐团，票十分难买。早晨出门，江京雨穿了一身极其适合夏天的嫩绿色露肩连衣裙，姣好美丽的容貌与标致有型的身材为这件衣服的设计增添了不少分。

进公司后，几个相熟的员工笑眯眯地问江京雨："是不是谈恋爱了？"

江京雨害羞地红着一张脸，说："还没有。"

"哦？"同事一起起哄，"还没有，意思就是快了呗。"

江京雨抿嘴笑了笑，心中着实庆幸上次在卓祈桦办公室里，没有接受那束花，否则被同事看到，还指不完如何起哄。

卓祈桦从电梯里出来，从格子间的走廊穿过，大家迅速埋头投入到工作中。

只有江京雨抬起视线，朝他走过的方向望了眼。卓祈桦像是背后长了眼睛似的，突然间转身，江京雨对上了他的目光，抿嘴浅浅地露出笑容。卓祈桦目光淡淡地从她身上扫过，面色平静地环视一圈，没做丝毫的停顿，抬起胳膊冲某个方向一指，喊了一位员工去办公室。

江京雨低头，并未对卓祈桦的忽视而感到失落。

他是老板，想要在员工面前保持高冷严峻的形象也是应当的。

开完组会，作为言情部门主编的江京雨将这一个季度的报告送到办公室。

文件放好准备转身离开时，卓祈桦喊住她，满目温和地说："晚上的音乐会不要忘记，下班我等你。"

"好。"江京雨点点头。

卓祈桦双手交叉放在下巴处，慢慢移动着目光上下打量着她，补充道："今天很漂亮。"

江京雨自信地笑着反问他："我哪天不漂亮？"

江京雨从办公室里出来，心情莫名地更好了。

这个好心情一直持续到中午吃饭时，最近几天，因工作繁重江京雨一直在吃公司食堂，直到今天才得空和同事去对面新开的那家素食餐厅尝味道。

几个人有说有笑地，一起乘电梯下楼。

电梯门刚拉开一条缝隙，就听到大厅的方向传来乌泱泱的吵闹声，有公司的安保人员正在和闹事者沟通。这栋写字楼，聚集了不少公司，每天这样的事情屡见不鲜，江京雨并没有在意，跟着同事一齐朝门口走。

"江江姐？"有一道女声响起。

江京雨侧头，见唐桃夭正挤在人群中挥着两条胳膊和她打招呼。

"唐桃夭？"

同事打量一下两人，问："认识？"

"你们先去。"

"那我们走了。"

"拜拜。"

送走了同事，江京雨这才看向唐桃夭，微微露出诧异的神色，问："你怎么在这里？"她无意中朝人群的方向瞥了一眼，又看到一个眼熟的面孔，"那个是你姐姐？"

"嗯。"唐桃夭愧疚地低下脑袋，解释，"上次的事情，还是没瞒住我姐姐，那个渣男在这里上班，我姐今天特意来堵他。"

"哦？"江京雨倒是佩服她姐姐这种雷厉风行的个性，不禁朝那方向看过去。唐兴依正抱着肩膀不卑不亢地被一群保安拥簇在中间，旁边除了一群看热闹的人，并不见她的帮手。

江京雨随口问："他在哪个公司上班？我兴许认识。"

"具体我也不知道。"

对于这个答案，江京雨有些惊讶。怎么说也是她的前男友，怎么能连最基本的信息都不知道，况且搞出这样的大排场来，竟然连对方是哪家公司都不确定。

似乎是察觉到了江京雨的困惑，唐桃夭气冲冲地解释起来："我和他在一起时，很少说工作的事情。"

江京雨皱着眉头，并不认为这样合理。

"你们在一起多久？"

"快一年了。"唐桃夭说，"去年暑假，我刚高考完，去兼职做义工的时候认识的。当时我被刁钻的人为难，他帮我解围来着，然后就认识了。"

"他比你大很多吗？"江京雨猜测。

"其实还好，比我大三岁。"

江京雨点点头，没再继续这个话题。她看向唐兴依的方向，隐隐担心："你姐这样闹，没关系吗？待会儿警察就要过来了。"

"没事。"

正说着，唐兴依和保安争执的声音越发高昂起来，女声尖锐而刺耳："什么有事忙不在公司！派你们出面来赶我走，还不是因为心虚不敢见我！"说着，唐兴依一偏头，冲着大厅摄像头的位置大声喊嚷着，"卓祈桦，你要是个男人就出来！"

卓祈桦？

江京雨脸色一僵，看向唐桃夭，问："他叫卓祈桦？"

唐桃夭点头。

江京雨将所有事情捋了一遍，大致明白过来是怎么回事了。紧跟着，在唐桃夭一脸疑惑的神情中，江京雨做了一个自己都非常震惊的举动。她走到保安身边，解释了自己认识唐兴依，平时上下班进进出出也和保安混了个眼熟，三言两语便说服了保安，并且将唐兴依劝说着离开。

随后，十分钟过去了，趁着保安人员不注意，江京雨领着唐家两姐妹重回大厅乘电梯去了自己公司所在的楼层。

卓祈桦办公室里有人，江京雨敲敲门，里面传来一声"请进"。江京雨推门进去，卓祈桦看见她，嘴角一弯正欲说话，却看到尾随在江京雨身后进来的两个女生后不禁蹙起了眉头。

他的表情已经说明了一切。

江京雨走过场似的，看向身后人，问："是找他吗？"

"是。"唐桃夭还算淡定地点头，回答她。

唐兴依已经大步上前，将手中的包当作武器，狠狠地朝卓祈桦的脑袋砸去，嘴里不住地喊着："你个骗子，让你欺负我妹妹！去死吧！"

江京雨盯着唐兴依行云流水的一系列动作，终于明白为什么她敢单枪匹马不带任何帮手就过来闹事，原来是练过的啊。许是看到了江京雨的惊讶，唐桃夭小声告诉她："我姐，跆拳道，黑带。"

"看出来了。"江京雨点点头，赞许不断，"佩服佩服。"

唐兴依一个人动手不尽兴似的，长马尾一甩，扭头看向唐桃夭，招呼："小桃，你来！"

"姐，算了吧。"唐桃夭别扭，硬是不往前走。虽说卓祈桦是个渣男，但是他和她在一起时，对她是真的好，以至于她有些下不去手。

几人僵持的时候，卓祈桦不知道什么时候打电话叫了保安上来。

几分钟的工夫，楼道里就响起脚步声，江京雨先一步将门锁死，任由保安在外面不住地大力敲门。

江京雨对此充耳不闻，还拍拍唐桃夭的肩膀，提醒她："你忘记那一耳光了吗？去还回来。"说着，江京雨拉起唐桃夭的手，拽着她一步步地逼近办公桌的位置。

"江江。"卓祈桦冲江京雨投来求助的目光。

江京雨冷哼一声，从桌面上拿起一摞蓝白色的文件夹，毫不留情地朝卓祈桦的身上砸过去。

"江江姐……"唐桃夭被吓到了，不知道江京雨为什么会有如此大的反应。

江京雨一脸淡定，给唐桃夭递了个眼神，示意她："动手啊！再不动手保安就撞门了！"

"哦。"唐桃夭很快加入。

此时此刻，江京雨十分冷静。这段时间以来，卓祈桦在她心中渐渐培养起来的好感飞速地被削弱直至清零，像是高耸入云的摩天大楼轰然倒塌。如果说江京雨情绪有些波动的话，那应该是十几分钟前从唐桃夭口中听到卓祈桦的名字，那种感觉就像耳朵里被塞了一只苍蝇，嗡嗡嗡，不安分地扇动翅膀。

从大厅辗转到达办公室，江京雨的情绪慢慢地变得波澜不惊。

三个女人把卓祈桦围在中间正揍得起兴，办公室的门被保安用备用钥匙打开，一批人蜂拥着进来，将她们拉开，被揍得鼻青脸肿的卓祈桦怒不可抑地大声喊着："报警，快报警！"

从公安局回到公司的江京雨第一件事情便是收拾东西。她把老板痛打了一顿，闹出这样大的事情，她还想继续留在这里工作是不太可能的事情，所以在公司人事还没有下达命令之前，她很有自知之明地自觉走人。助理和旁边几个同事纷纷问她："江江，你工作得好好的，为什么要突然辞职啊？"

"工作太累了，我打算给自己放个假。"她回答。

"那你可以休息几天，没必要辞职吧？"

江京雨冲她们笑了笑，抱起桌面上那个硕大的收纳箱，没多解释："我已经做了决定，大家有空常联系。"

江京雨决然地离开公司。

一直等在楼下的孟哲冬见江京雨出来，先一步从摩托车上下来去接她手里的东西，他看她一眼，问："真的辞职？"

"辞了。"江京雨风平浪静地说，"我不主动辞职，难道还等被公司开吗？"

"也是，毕竟对自己的老板动手，你也算是能被载入公司发展史的员工。"孟哲冬啧啧地说。

"你就别挖苦我了，从现在起，我就算是无业游民了，大作家包养我吧！"江京雨翻着白眼打断他。

孟哲冬笑得灿烂："好说好说，正巧我缺一个洗衣做饭的保姆，我看你正合适。"

"那我得看看工钱合不合理啊。"从公司出来，江京雨倒是觉着一身轻松，从大四实习便进了总角文化，算起来也有四年了。说离开就离开，说起来是应该有些舍不得，可一想到卓祈桦那副虚伪的嘴脸，她便一刻也不想在公司多待。

"对了，唐桃夭和她姐姐没事吧？"

几人被带到公安局后，江京雨只是受到了批评教育便让孟哲冬来把人领走了，唐桃夭也在唐兴依将整件事情的责任都揽在自己身上后让家人领回去。最终，只有唐兴依没那么幸运，卓祈桦振振有词地扬言要起诉她。

孟哲冬说："已经从公安局出来了，赔了几个钱，这事算过去了。"

"凭什么赔钱给卓祈桦啊！"江京雨愤愤不平地吹胡子瞪眼。

孟哲冬一字一顿地解释："是赔给唐桃夭的。"

"哦。这还差不多。"江京雨满意地点点头，突然也就疑惑起来，"不应该啊，卓祈桦一直是挨打的那一方，竟然能接受赔钱？"

"起初是不接受的，"孟哲冬卖着关子，解释起来，"只不过，唐桃夭这个姐姐有点厉害。"

"怎么厉害了？"

孟哲冬笑："卓祈桦请的那个律师是她事务所的员工。所以啊，只有赔钱的份。"

"好吧，也是够过瘾了。"江京雨对唐兴侬的佩服再次增加几
个度。

"你这辞职了，打算再去哪儿？"孟哲冬突然问她。

"去吃饭啊！"

呃，这个回答没毛病。孟哲冬笑，将头盔扔给她，示意她上车：
"想吃什么，现在去！我请！庆祝你失业！"

"必需的！"江京雨坐稳扶好。

摩托骑得飞快，江京雨只觉耳边风声呼呼地吹。过了会儿，孟
哲冬悠悠地说："真是长这么大，头一次见你动手打人，以后我可
得当心一点，免得遭殃的是我。"

"哈哈！"江京雨大声地解释，"主要是唐兴侬厉害，我动
手只是锦上添花，吃不了亏的，要是让我自己一个人打，我还真有
点发怵。不过动手打人的感觉真的还蛮不错的。"

孟哲冬侧着脑袋吼她："我说你啊，以后找男朋友，眼光要注
意着点儿，别看人对自己好就动心了。这世上对你好的人多了去了，
总不能每个都当男朋友啊。"

"我想过了，"江京雨笑起来，拍拍孟哲冬的肩膀，表示，"谁
都没有你对我好！"

"这敢情好啊，我直接当你男朋友得了！"

"算了吧，咱俩太熟了，我对你没感觉。"

孟哲冬抽抽嘴角，苦笑道："也是。"

孟哲冬拎着外卖袋子敲开江京雨公寓的房门时，她正咬着纸巾哭得稀里哗啦，眼睛红得像兔子似的。孟哲冬夸张地挖苦她："不就是失个恋嘛，为一个渣男，有必要？"

江京雨一把鼻涕一把泪地捞起手边的抱枕，毫不客气地朝着孟哲冬的脑袋扔过去。孟哲冬身子一扭，灵活地躲开，跳到窗边胳膊一挥，将窗帘拉开，幽暗的房间瞬间亮堂，射向地板上的光束里飘浮着细小的尘埃："你看看你自己，这是人过的日子吗？头也不洗，妆也不化，家里卫生也不收拾。"

江京雨盘腿坐在地毯上，抱着遥控器专心致志地继续看电影。

雪白墙壁上，投影出来的画面因为室内乍起的光亮而变得不清晰，江京雨再一次不耐烦地瞪他一眼，手边没有抱枕可以扔了。

"窗帘拉上。"

"快发霉了。"她那眼神太有杀伤力，孟哲冬不自觉地哆嗦了下，小幅度地向后退了半步，"晒晒太阳对身体好。"

"就还有十分钟，马上看完。"

孟哲冬没动。

江京雨抿着嘴，露出个让人发凉的微笑，柔声道："乖，小哥哥，拉上窗帘。"

孟哲冬被酸得直打哆嗦，颤颤巍巍地抬手照做。

江京雨抱着抽纸盒，脚边一团团的都是她哭了多少眼泪的证据。孟哲冬走一步踢一个纸团，一路过去，清出了一条"国道"。

"你几天没有出门了？"孟哲冬在她旁边坐下，从一堆零食包装袋中找出了一包没有拆封的薯片。

"三四天吧。"

"敢情你自打辞职那天回来，就没出去过啊。"孟哲冬惊讶地瞪着她，从她手里抢过遥控器关了投影仪，嘟囔着吐槽她，"你一个恨不得天天长在太阳光底下的人也能宅这么久，真是厉害了。走，我带你出去放松放松，这电影，光我陪你就看了四遍，你还没看够啊。"

孟哲冬拽着人塞进了卫生间，自个儿往门框上一靠，撑着脑袋嫌弃她："快洗洗，化个妆，带你去我们学校逛逛。"

"你学校不就是我的学校嘛，东西南北有几个公共厕所我都一清二楚，没劲。"江京雨扫了眼镜子里面的姑娘，素面朝天，头发凌乱，眼底的黑眼圈重得用半管子遮瑕都盖不住。

"有辩论赛，决赛，我上场，你作为好朋友好歹也得给我去捧个场喝个彩。"

"就你这口才，连我都说不过，还去参加辩论赛呢。"

"瞧不起谁！"孟哲冬一脸傲娇，"我那是让着你。"

江京雨粗鲁地将人推出去，作势要关门。

孟哲冬咋咋呼呼："我又不是没见过你化妆，害什么羞啊。"

江京雨扶着门框的动作一顿，笑眯眯地挑了下巴看他："我要洗澡呢，你要看？"

孟哲冬嬉皮笑脸："这敢情好啊。"

"滚吧你。"江京雨胳膊一挥，要不是孟哲冬蹦得快，门板就撞上他高挺俊俏的鼻梁了。

卫生间里水声哗啦啦，孟哲冬勤快地清理着公寓的一片狼藉。

半个小时后，孟哲冬领着江京雨现身学校礼堂。不知情的同学对孟哲冬身边看着眼生的美女坏笑起哄："哲冬，这谁啊，介绍介绍呗。"

孟哲冬习以为常，但仍然不可抑制地在心里默默翻了个白眼，你们别被她美丽的外表迷惑了，背地里她活脱脱的就是一个邋遢虫。孟哲冬回忆了下出她公寓时拎出来的四大兜垃圾，瞬间想要咬舌自尽。

比起他的各种嫌弃，江京雨正落落大方地露出她那男女通杀的笑容，主动介绍起自己来："大家好，我叫江京雨。"

等孟哲冬回过神来的时候，江京雨这边已经和负责会场安排的学长聊得热络。被冷落的孟哲冬黑着一张脸将人往自己身边一拽，挤挤眼：“你刚才不是说要喝水，我陪你去买。”

“谁要喝……”江京雨脱口而出，见孟哲冬正冲自己挤眉弄眼，瞬间闭嘴，没作声。

孟哲冬抱歉地冲学长解释：“我们还有事，恐怕得先走了。”

不顾对方捧着手机想要问江京雨要微信号的冲动，孟哲冬拽着江京雨径自往外走。

礼堂外的自动贩卖机旁，孟哲冬一面扫码选饮料一面解释：“那个学长在私人感情这块风评不太好，你最好离得远一点。”

“就聊聊天说了两句话，又没想怎样。”江京雨看着孟哲冬拿出两罐七喜，逆反心理地戳了戳柠檬水，“我想喝这个，你再扫一下。”

“早说啊。”孟哲冬有意见地吐槽着，付钱，“我这不是怕你再一次遇人不淑，吃了亏没地方哭去。”

江京雨咬着瓶盖给自己辩解：“我在卓祈桦身上又没吃亏。”

“是是是，没有吃亏。”孟哲冬单手捧着两罐七喜，看到路过的同学，随手塞过去一罐，“平常淘宝买衣服收到货不满意都要惋惜好一阵的人，一个活生生大活人让自己失望了能不难受？”

他说完，等了好一会儿，旁边安安静静地没有一点动静。

孟哲冬不安地偏头，江京雨已经喝了大半瓶的饮料，噘着嘴巴，蛮不乐意的表情。见孟哲冬看自己，江京雨情绪化地瞪过去，一脸愠色："知道我难受，你还提，故意的吧。"

孟哲冬哭笑不得，肩膀上结结实实挨了对方两拳头。

"你以为我不敢还手啊！"

有年暑假，接连出了几条女大学生夜跑遇害的消息，江京雨心血来潮地报名自由搏击培训班想学点本事自卫，为找到一个"任劳任怨"的训练对手，孟哲冬被硬逼着一起报了名。

小打小闹地学了一个暑假，专业打架不行，两个人动起手来却比以前手劲大了。

买完饮料从侧门进来，走到礼堂偏厅，空间大，没人，江京雨比画了个手势。孟哲冬心知肚明，她这是手痒要动手的节奏。孟哲冬安静地将易拉罐里最后一口饮料喝掉，远投进垃圾桶，跟着比画了个手势，示意："偷偷告诉你，我最近可一直在健身，待会儿弄疼你了，别哭。"

"有什么用，"江京雨不客气地发起进攻，"绣花枕头一包草，就算进再多次健身房，你也是虚胖，而不是 strong。"

不过很快，孟哲冬就让江京雨见识到，他不是虚胖，是真的壮了。

江京雨被孟哲冬的胳膊压着脖子按在地板上，被钳制得不得动弹。

"服不服？"

"不服。"江京雨十分有骨气地扭过脑袋，冷哼。

孟哲冬笑着，目光灼灼落在她的脸上。

短暂的运动让她额前的发丝有些凌乱，滑腻的皮肤上渗出来几滴晶莹的汗珠，纤长的眼睫毛扑闪扑闪的，衬得眼睛大而亮，虽然出门前口口声声说"和你出门不用好好化妆"，但她仍然将自己收拾得精致利落。

孟哲冬的视线不受控制地从上往下，依次划过她的眼睛、鼻梁，最终落到了她红润蜜色的嘴唇上方才定住，心烦意乱，头脑发热，他不知道自己在想什么。

两个人从小穿着开裆裤一起长大，对方什么样子没有见过？光彩的、狼狈的，彼此太熟悉了。

江京雨说，因为太熟悉了，所以不可能有爱情的感觉，但是为什么他不由自主地心思悸动了呢。

孟哲冬俯视着她，横在她脖颈前的胳膊渐渐收力。

江京雨正欲抓着孟哲冬的胳膊借力从地板上爬起来，只见孟哲冬的脑袋渐渐放低，距离她越来越近。

江京雨盯着他上下滚动的喉结，下意识喊了他一声："孟哲冬。"

失神的孟哲冬猛然清醒，对上江京雨一脸莫名其妙的表情后，逐渐反应过来自己刚才是要做什么。

"起来。"孟哲冬声音冷静，压在她颈前的胳膊反手抓住了她的手腕，另一只手顺势捞了下她的后腰，将她拉起来。

江京雨转着圈，让孟哲冬看她身后："衣服脏没脏？"

刚才的意外让孟哲冬有些慌神，接话心不在焉："地板挺干净的。"

江京雨胡乱拍了两下身，跟上孟哲冬往礼堂走的步伐，拧着眉头笑问："你刚才盯着我吞什么口水啊，是不是对我有什么非分之想？"

有什么非分之想吗？

好像真的是。

孟哲冬觉着自己一定是疯了。

如果自己刚才真的吻下去，恐怕江京雨能一个巴掌扇过来，然后一个星期不理他。

不过想想，其实也值了……早知道就亲下去了。

孟哲冬被自己这大胆的念头吓了一大跳，又刺激又后怕。

"哪敢啊。"面对江京雨的责问，孟哲冬只能否认，"我那是无意识的反应。"

"不是生理反应？"江京雨一脸看热闹的坏笑，在被孟哲冬突然扭头拿晦暗分明的眸子觑了一眼后，立马义正词严地道歉，"开玩笑开玩笑，不取笑你了。"

Chapter four
辩论赛与奇葩说

孟哲冬坐在正方二辩的座位上，下意识朝观众席看了眼。江京雨坐的位置靠前，简简单单一条碎花长裙便让四周的人与物全都黯然失色。孟哲冬觉得自己一定是魔怔了，在度假村被黎落一语中的地看穿后，心思像是得到认同以及肯定似的越发不受控制。

同伴喊了他两声，又拐了他胳膊一下孟哲冬才回神，朋友在向他确认这次他们的陈述内容。

今天辩论的题目是"纸质书是否应该被电子书替代"，孟哲冬所在的正方抽到的题目是"应该被替代"——虽然这与孟哲冬本人的意愿有所违背，但辩论赛嘛，就算是不赞成的观点，也必须用自己巧舌如簧的三寸不烂之舌辩论出个花来。

江京雨坐在观众席里，捏着手机和黎落发消息。自打自己辞职后，黎落整天像是闲着没事做似的，三天两头给她介绍工作，就差杀过来像送孩子上幼儿园似的亲自领她去面试了。

未免这样的情况发生，江京雨正在想合适的说辞打消黎落帮自己找工作的念头。

正如孟哲冬的印象，江京雨属于一刻钟都不能够闲下来的，她喜欢忙碌，喜欢工作，尤其是在自己热爱的工作上，她可以奉献无尽的热情与时间。这次辞职后，如果她愿意，她不难找到其他的工作。但她心里怪怪的，不想这样工作了。

听完江京雨类似敷衍的解释后，黎落直截了当地问她："那你想怎么工作？"

怎样工作？

如果江京雨知道答案，她就不会苦恼了。

辩论台上，正反方陈述完各方的辩题后，辩论赛便如火如荼地开始了。

　　孟哲冬穿着黑色正装打领带，英俊的容颜配上挺拔的外形，吸引了大半观众席的目光。

　　"电子纸开启阅读新时代，而电子书已经成为阅读潮流，这是一种趋势。相较于纸质媒体，电子纸已经能够做出接近传统纸张的厚度、外观，并且也具备传统纸张高亮度、高分辨率的特性，但是电子纸还具有传统纸张不具备的优点，比如随意存取、便于检索、储备大量阅读材料……随着社会的发展，纸质书的未来基本就是当前或者还不如当前形势的发展，互联网时代的到来，让电子书有无穷的潜力得以普及。

　　"中国历史上人类文字的载体有过几次变革，从最初的甲骨金属，到竹简木牍丝帛，最后是纸。而古印度的贝叶、古埃及的莎草纸、古巴比伦的泥板、欧洲的牛皮羊皮，这些文字的承载体远不如中国的人造纸，所以全世界的文字载体都变成了纸质。而纸质书会被更好的文字载体取代，很正常，只是时间问题……"

　　听着台上侃侃而谈的陈述，江京雨拧眉深思，纸质书真的应该被电子书取代吗？

　　她想起自己初中时，放学后溜去学校对街的漫画屋，一坐就到天黑，直到孟哲冬背着书包来找她回家。小时候爸爸妈妈工作忙，常年不在家更没有空照顾她，她就被寄托在孟哲冬家，跟着孟叔叔学钓鱼，跟着孟爷爷学书法，吃孟奶奶烤的小蛋糕，听孟阿姨讲睡前故事。漫画书言情小说占据了她的初中，等到高中，开始读国内外的名著，大学填志愿时，义无反顾地选择了图书出版，再后来毕业找工作，她也是朝着这方面努力。

书籍，占据了她的青春。

有很多初中看过的书，江京雨想要回头重温，却很难再找到对应的书籍。范围大目标小不好找，漫画屋搬过几次地址最终倒闭关门了。

如果是电子书的话，方便携带又节约资源，但是那种翻阅纸质书的厚重感与仪式感是电子书不能够体验到的。

江京雨之前在书店看过一本介绍雪茄的科普书籍，翻开书籍，扑面而来一股清淡的烟草味道，那种舒适顺畅的翻阅体验，是便捷的电子书不能够赋予的。

反方的学生开始陈述看法："我不否认纸质书的地位会被削弱，但是它绝对不会被取代。书本独特的互动式阅读、艺术感染力，不仅是知识的吸纳，更是阅读情趣的吸收。供普通人阅读的流行一时的周期短、见效快、收益高的畅销书适合做成电子书销售，而专业一点的具有文化底蕴需要图文、质感、设计的书籍肯定不能被取代。

"在 2015 年，占据全球电子书阅读设备与电子书籍大半市场的亚马逊，也成立了自己的实体书店，国内以先锋书店、成品书店等为代表的一批实体书店，也正凭借着文艺的特质被群众喜爱，以更贴近生活的定位发展起来。由此可见，电子阅读与纸质阅读是势均力敌的，都是为了吸引客户，让客广形成阅读习惯。

"不同的环境下，用户自我选择合适的阅读载体与终端，纸质书与电子书同行，才是主流。没有谁一定要取代谁，没有谁高贵谁低贱之分。"

"好！"台上说到激动人心处，观众席间不合时宜地爆出喝彩，紧跟着是绵延不断的掌声。

对，就是这样。

纸质书的存在，是不应该被取代的。

我们不应该因为一个行业的不景气，就定义它没有意义，需要被吞并。

应该做的，是从本源找问题，书卖得不好，应该怪书籍做得不够吸引人。

江京雨在做市场调研时，在书店问过一些购买者，有人会根据内容判断自己是否会购买，而有很多人会因为一本书的封面或者设计购买。电子书与纸质书相较，内容上可以做到一模一样，但是设计呢，触觉、味觉、听觉等等一系列感受，仅仅通过电子书是绝对不能够替代的。纸质书的作用，不仅仅是束之高阁当作书架的装饰作用，还应该是一种自我放松的物品。

电子书一定做不到。

各有优势，势均力敌。这是两者的现状。

一番酣畅淋漓的较量后，辩论赛的结果是正方胜。

江京雨对这个结果十分不满意，所以对于耀武扬威了一路的孟哲冬十分不待见。

孟哲冬重复强调："我就是战国的苏秦，三国时期舌战群儒的诸葛孔明，搁在唐朝简直就是魏征啊！"

"哥！"江京雨夸张地冲他鞠了个躬，翻了个白眼，"你再大点儿声再多说几遍，估计我远在北京的二舅姥爷都知道了，要不要我帮你买个大喇叭助助力啊？"

"不用不用。"孟哲冬摆手，一副小人得志的样子，"虽说我也不赞成纸质书能够被电子书取代，但是我硬生生凭借着自己巧舌如簧的三寸不烂之舌说出了花，赢下了辩论赛。"

江京雨快走两步，装作不认识这个人。

迎面走来几个同学，看着孟哲冬窃窃私语，脸上做花痴状。孟哲冬立马戏精上身，方才癫狂抽风的形象收了收，双手往口袋里一抄，挺胸抬头，甩下头发，就差在校园林荫道上踢正步。

"差不多得了。"江京雨觑向跟过来的"翩翩绅士"孟哲冬，
咂舌，"有一天我一定将你的真面目公布于众，让那些被你外表蒙
骗的小姑娘好好瞧一瞧，你是个什么熊样儿。"

"哥哥我天生丽质，天资傲人，人样儿！"

"我'呵呵'了。"江京雨说，"也就是今天站在反方辩论
席上的不是我，否则这场辩论谁赢谁输还不一定呢。"

孟哲冬撇嘴："厉害厉害，我有礼貌，懂得怜香惜玉，让你赢。"

江京雨哼气："我用你让？"

"我不让了，你请我吃饭吧。"

"不请。"江京雨真的是服了孟哲冬这个厚脸皮了，为了避免
站在他身边，接受更多小姑娘敌意的注视，她快走了两步，远离他。

孟哲冬死皮赖脸地追上来，操着一口抖音上学来的腔调："小
姐姐，小姐姐，我有个东西要给你，你要吗？"

江京雨深谙其道，果断地摇头："不要。"

"看看嘛。"孟哲冬撒娇。

江京雨欲言又止地看了他一眼，在暗处打开手机，摸索着点开
摄像头。

孟哲冬不察，继续追问："小姐姐，你伸出手来，给你个东西？"

江京雨配合："什么？"

孟哲冬笑着，迅速地抠了下鼻孔，然后手指往她的手心一戳：

"哈哈哈，鼻屎，你要吗？"

"孟哲冬！你想死吗！"

江京雨追着孟哲冬跑，宽敞的林荫大道上，风一般前后追逐。

阳光不燥，微风正好，男生身高腿长，女生窈窕婀娜，一深一淡的两道影子穿梭在茂密绿荫下，声音朗朗、笑颜动人。

孟哲冬突然放慢了步子，往后退几步，站在灌木丛里。江京雨踩着一双细高跟，再驾轻就熟健步如飞也不如运动鞋来得快，她气喘吁吁地停在孟哲冬旁边，胳膊搭在他劲瘦的肩膀上，弓着背喘气。

"跑这么快，赶着投胎——"

"嘘——"江京雨话还没有说完，就被孟哲冬打断。

江京雨正嘟囔着"怎么了"，就被孟哲冬按着后脑勺往灌木丛上一推。

我去，暗算。江京雨气得差点要爆粗口，就听见孟哲冬沉声示意她："别出声。"

顺着孟哲冬指的方向，江京雨看到站在树旁的两个人。

背靠着树的男生个头瘦瘦高高，梳着个大背头，皮肤黢黑，怎么看怎么觉着眼熟。

"这个不是你辩论赛反方的二辩吗？"赢得全场喝彩的那个。

江京雨又问："他对面那个胖子，是坐你旁边的那个辩手吧。"

"嗯。"孟哲冬淡淡地应着。

枝叶交错的灌木丛中央有个小洞，孟哲冬与江京雨在这边将另一侧的情况看得一清二楚，两个人的对话也一丝不落地被听到。

"一场小比赛而已，还整这个，有意思吗？"

反方二辩是被训的一方，嘴里嚼着个口香糖，不知悔改："你们赢了，不好吗？"

"赢不赢得了，我难道没信心吗，用你去评委面前作妖。"

"呵！"高个子冷哼一声，不满状。

对方淡淡地叹气："小坤，我知道你一直对当年辩论队解散的事情耿耿于怀，可……"

孟哲冬手掌圈在江京雨的后脑上，拉着她转身："走吧，别听墙脚了，少儿不宜。"

"什么？"江京雨被他带着往前走了几步，小声揣测，"他们的意思是假赛？"

"可能吧。"孟哲冬表情看上去怪怪的，有什么话藏着不说。

江京雨滚到嘴边的那句"你这哪里是靠口才赢下辩论赛"的挖苦憋回去，狐疑地盯着他。

孟哲冬目不斜视，胳膊搭在江京雨的肩膀上推着她往前走，许是被打量得不耐烦了，终于淡声解释："丁坤，对面的二辩；我旁边那个胖子叫曹建寿，认识他的人都叫他'寿桃'。"

"是因为长得像吗？"江京雨没忍住打断道。

孟哲冬低头，觑她一眼。

江京雨双手举高，保证道："你说，我不插嘴了。"

"两人以前是一个辩论队的，闹了点儿矛盾，就散了。"

江京雨一边琢磨着孟哲冬方才那个疏离而冷漠的眼神，一边听他讲着事情的缘由。

原来曹建寿与丁坤以前是一个辩论队的，又是室友，后来辩论队因为缺少一个成员解散，两人的关系闹得不愉快，曹建寿便搬到孟哲冬宿舍。

"两人具体怎么着，我不知道，不过去年辩论队解散得突然，决赛弃权，可能丁坤一直对这件事情耿耿于怀才这样做恶心寿桃吧。去年那场比赛含金量挺高的，胜利的辩论队代表沙市去北京参加比赛，所以闹得挺不愉快的。"

"啧，阴谋啊。"江京雨大开脑洞，"要不要让我来猜猜。"

孟哲冬露出副"笔给你，你来写"的表情冲她拱拱手，只听她摇头晃脑地娓娓道来："因为缺少一个成员就解散缺席决赛，也忒BUG 了，这样的设定放在小说里，那是要被读者喷的好嘛。或许缺少成员，只是一个幌子，背后肯定有其他原因。"

江京雨被孟哲冬搭着肩膀，步子走得不快。两人慢吞吞地走在校园里，像是散步，但这架势看过去，又不像是情侣，勾肩搭背的样子更像是兄弟，三三两两的路人投来的打量让江京雨终于意识到问题所在。

"喂，你把胳膊拿下去。"江京雨不客气地"啪"一巴掌拍在孟哲冬的手背上朝后仰头。孟哲冬见她停了脚步，以为有什么事，正低头看她。

两人间距离突然缩近，清晰得能看清楚对方皮肤的汗毛，同时一怔，短暂的慌神后，又同时向后缩了缩身子。

"走累了，搭一下也不行啊。"孟哲冬松开搭在她肩膀上的胳膊，夸张地揉揉被打的手背，委屈地抱怨，"怎么变得这么小气了。"

"惯得你。"江京雨懒得理他，"你要是再搭下去，估计不等出校门，我就上学校论坛了。"

"正好帮我省麻烦了。"

江京雨愤愤地说："那样的话我就麻烦了！"

晚上辩论队聚餐，四个辩手拖家带口，到学校对面的饭馆时，成了九个人的队伍，江京雨被孟哲冬带来混吃混喝。

在这学校读了四年本科，大学城一条街有什么新口味哪家最地道江京雨一说一个准，今天来的这个小餐馆，江京雨以前常来，一进门就被店老板留下聊天。

老板是个很帅的小伙子，年纪不大。因为入社会早，一身江湖气浓重，人倒不坏，以前江京雨和黎落过来的时候没少给她们加菜抹零头。

"你挺久不过来了啊。"

江京雨笑着，丝毫没拘束，坐在收银台前的凳子上，隔着柜台和老板聊得起兴："这不是毕业了，也没空常回来。"

孟哲冬背对着前台坐着，专注地拆着塑料碗筷。桌上有人抽烟，曹建寿抬腿踢了一脚，没好气："掐了，有女生在呢。"

桌上意外被关注的几个女生吐吐舌头。

曹建寿没接茬，孟哲冬拆完两副碗筷，侧头看曹建寿。下午的事，他听到了就没法装不知道，曹建寿是去年冬天因为和上一个宿舍关系不和向学校里打了申请搬来他们宿舍的，他和曹建寿关系不错，以前的事也听了些。

辩论赛弄成这结果，也不是曹建寿的原因。

瞧着曹建寿苦闷着一张脸的样子，孟哲冬状似无意地缓解气氛："辩论赛虽然赢了，总觉得没说尽兴似的，感觉对方并没有传说中那么强啊。"

"可能是他们没准备充分。"谢林是队伍一辩，思维直接爽快，这话看似接得随意，却正好说到孟哲冬心坎里，"管他呢，反正都赢了，就算对方百分之百地发挥，我们也能赢。"

四辩王显跟着说："确实。咱四个一路过来，配合得那叫一个默契，没有不赢的辩题。"

旁边女生附和："上周你们对 X 大的时候，简直帅呆了。"

"我也记得，那次辩题是该熬夜还是该早起，谢林你那句'熬夜是慢性死亡，早起等同于自杀'真的是无敌了，一场正经的辩论赛，被你搞得像是《奇葩说》。"

"谁说不是，当时谢林临场发挥，弄得我们几个都是蒙的，生怕他的意气用事让评委将我们轰下台。"

你一句我一句地，大家在回忆着过去的辩论赛。

这次几大高校弄得辩论联赛，奖金平平，也没什么含金量，就是做点儿活动热闹，提高一下学校凝聚力，娱乐为主，所以插科打诨的队伍不少，闹了不少乌龙出来，活动整体气氛很好。

全桌都在热闹地说话，唯独曹建寿安静如鸡。

"哎！"孟哲冬喊他一声，"是不是觉得以前的战友没有那么好了。"

曹建寿体形偏胖，坐在那儿，面无表情的时候显得有些横。孟哲冬模棱两可地说完，曹建寿一转头，眼神有些呆滞："什么？"

孟哲冬笑着指了指："林子、老王、你、我，咱这支辩论队，今年努努力，冬季的辩论赛，拿下冠军，圆你去北京的梦。"

"今年和你们这群牛人做队友，挺进青年辩论赛，拿下冠军绝对没问题。"王显一拍大腿，桌子跟着颤了颤，"老早我就惦记着国家级别的比赛什么感觉了，说不准今年有戏！"

谢林拍了下手："我也觉着可行。今年的青年辩论赛，都参加，谁也不能缺！陪寿桃一起去。"

菜还没点，酒也没上。

几个人举着清水，清脆地碰了下，齐呼："一起去北京！"

江京雨坐在柜台那儿说话，被这边的声音吸引，看着二十五六岁的成年人，有说有笑着像个孩子。张扬的、放肆的、青春的，这些在江京雨身上好像好久看不到了。离开校园与生活在校园中，给人带来的改变，永远是潜移默化的。

明明和他们是同样的年纪，却缺少了活跃的冲劲。

"看什么呢？"老板算账收银的空隙抬了下头，见她愣神。

江京雨抿嘴笑："没事。"

她拿着手机将编辑好的微博一个字一个字地删掉，又一个字一个字地敲回来，发送了下午录的搞笑视频，然后才看向老板，挥了挥手："你忙吧，我先过去吃饭。"

"需要什么尽管点，今天请你们。"

"别啊。"江京雨不愿欠人情，"聚餐呢，男生们掏钱，我是来蹭吃蹭喝的。"

"那以后来，给你免单。"

"行啊！"

话虽然这么说，吃完饭结账时，老板还是将钱给免了。

被委任来结账的谢林不知情，乐呵呵地应着，熟络地与老板称兄道弟，等出来在街上和几个人会合，讲这个事一说，才猛拍脑袋反应过来："我去！敢情这是人情啊！江学妹，老板是在追你啊？"

刚说完就被孟哲冬捋着脑袋拍了下，谢林个子不高，孟哲冬十分顺手："学妹个头啊，这姑娘和咱一样大，准确地说，比你大俩月。"孟哲冬挑衅地冲江京雨挑挑眉，强调，"不过比我小两分钟。"

"你俩生日同天啊，这缘分，妙不可言。"王显在旁边笑。

孟哲冬一脸不情愿地撇关系："每年生日，都问我要礼物，却从不给我礼物。抠死。"

"你摸着你的良心说说，"江京雨抓了两下被风吹乱的头发，郑重其事地和孟哲冬算账，"去年我买的那个蓝牙耳机，给狗戴的？"

"那是补的前年的生日礼物。"

江京雨假笑着追问："那就是前年送的键盘，整天被'狗爪'敲。"

孟哲冬睁着眼睛说瞎话："难道那不是你以公司名义送给我的吗？"

江京雨咆哮："你以为公司有矿啊，送你四位数的键盘！"

两人咋咋呼呼地吵了一路，到校门口了，谢林才插得上嘴问了句："那个吃饭的钱，赶明我给人送去？"

"不用。免了就免了，我以前没少带朋友去他那儿吃东西。"江京雨说道。

"那行吧，我下次也介绍朋友过去。"

孟哲冬抱着胳膊在一旁听他俩的对话，心里发愁：这个江京雨，桃花有点多啊，以前上学时，怎么没见有什么苗头呢。

这一毕业，不在他眼皮子底下了，春天就来了。

黎落那句"你喜欢她"像是魔咒一样，突然在孟哲冬的脑袋里循环起来。孟哲冬皱皱眉，一脸不情不愿像是吃了苍蝇似的。

那边正和江京雨聊天的谢林瞧见孟哲冬的表情，下意识地拉开与江京雨的距离，躲得远远的。他走开后，才疑惑起来，自己躲什么，他俩又不是男女朋友。

谢林朝江京雨那边望望，孟哲冬正抄着口袋，踱步靠过去。

长得好看的人站在一起，看着都养眼。

"前面有个坑！"孟哲冬突然蹿过来吓了江京雨一跳，江京雨的手机差点没拿稳。

孟哲冬在一旁说风凉话："走路就认真看路，别玩手机。你干吗呢，发红包？你？咱俩关系这么铁，我怎么也没见你给我发一个呢。"

江京雨在对方回过来两个问号后，敲键盘发消息："说好下次免单就下次，这次不用。"

孟哲冬扫了眼对话框上的名字，是那个吃饭的餐厅的名字："哟，小姑娘不错啊，知道不欠人情。"

江京雨默不作声地等对方收下红包，将已领取的页面打开摆在孟哲冬脸前，提醒："一共三百块，你待会儿发个红包还给我。"

"给给给！我给你转五百，行吗？"孟哲冬心中正得意，无比畅快，自然她说什么就是什么。

"你给我转一万更好。"

"掉钱眼里去了？"

江京雨控诉："我是个失业人士，穷得叮当响！"

孟哲冬逗她："叫声哥哥，我就给你转今年的压岁钱。"

"你算哪门子的哥哥。"

孟哲冬比画下手指头："两分钟呢，谁说不算。"

江京雨不服气："这可说不准，说不定是医院统计错误了。"

"那就是说有可能我比你早出生十分钟。"

"……"江京雨懒得理他，说他三岁都是夸他，还不如刚会走的小孩儿。

江京雨揣着手机往前走，过了会儿，手机嗡嗡响，拿出来看，是孟哲冬发的红包。

她点开，位数让她惊喜："你是不是忘记加小数点了？已经领完了可不能撤销的。"

"没。"孟哲冬缩着脖子吸吸鼻子，冲她挤了个自以为帅气的笑容，"你还记得我去年借你的五千块钱吗，现在还你。"

"你去年借我……"江京雨想了想，好像是有这么回事，她疑惑，"你过年时不是说已经还了。"

"当时看你年夜饭喝断片，骗你的。"

过年时，江京雨发红包收红包，微信余额里有多少钱也没个数，加上过年去街上看灯，手机被扒手偷了，新手机上聊天记录都不见了，孟哲冬半开玩笑半认真地糊弄她已经给她发了红包还了钱，她迷迷糊糊地也就相信了。

如今真相大白。

未免受江京雨的"毒爪"报复，孟哲冬脚底抹油，一溜烟跑得老远。

江京雨气得在后面不停地骂他。

孟哲冬回到宿舍才发现自己被挂微博了。视频一点开就听到孟哲冬操着一口毫不拘束的嗓音，哈哈大笑道："鼻屎，你要吗？"

微博里光明正大地"艾特"了"一条鲸鱼"的作者号，附字："被你们吹上天的才子真面目。"

江京雨的微博读者不少，都是公司图书的粉丝，他们对于"一条鲸鱼"这个作者并不陌生，甚至有些还对"一条鲸鱼"推崇至极。

孟哲冬翻了下微博评论里的战果，愤愤地回复："把我今天给你转的红包还回来！"

江京雨很快回复："不还，有本事你撤销啊。"

孟哲冬气得翻手机相册，在找有没有江京雨的黑历史——怎么可能没有呢，黑历史可不少，顶着鸡窝头吃泡面；睡懒觉被孟哲冬搞突然袭击，睡衣皱皱巴巴得毫无形象背影摇晃地去厕所；改稿子改到眼睛通红，饥肠辘辘地看着送饭来晚了的孟哲冬露出想要杀人的表情。

黑历史太多太多了。

孟哲冬优哉游哉地吹着口哨，在一堆照片中挑挑拣拣，寻找自己发微博的素材。

没等编辑好微博，宿舍门被撞开，谢林慌慌张张地跑进来，喊人："不好了，哲冬，寿桃和丁坤在操场打起来了！"

等两人奔去操场时，看台旁边聚了不少的围观群众。

来的路上谢林简单解释了下，他正串宿舍喊人打游戏呢，就听到曹建寿在丁坤宿舍里争执摔凳子的声音。曹建寿晚上喝了点儿酒，借着酒劲就出事了。都是以前了解的好兄弟，互通脾气，架就约到了操场。

孟哲冬拨开人群挤到最前面时，曹建寿正捂着脑袋，一脸痛苦。

丁坤在旁边，大大咧咧地穿着短裤、背心、人字拖，脖子上还挂着游戏耳机，另一端的插口拖拉在地上。

见周围人越来越多，丁坤拨了拨头发，缠了两下耳机线收到口袋里，想想又觉着不妥，耳机摘下来，朝旁边同学那儿一丢："帮我拿着点儿。"一身轻松后，冲曹建寿招招手，"早就想揍你了，来吧。"说着就往前一冲，挥着拳头砸在了曹建寿的右脸。

曹建寿觉着右脸火辣辣的，昏沉迷糊的脑袋瞬间清醒，顺势反身一转，挥拳还回去。

谢林看着心急，冲过去就要拉架，被孟哲冬拉了一把，拦下："没事，打一架就好了。"

谢林愣了愣，看看一来二去打架的两人，渐渐明白。两人谁也没有让谁，但是谁也没有下狠手。彼此还拿对方当兄弟，只是有些事情，需要说清楚。

眼看旁边围观的人越来越多，还有不少掏出手机拍照片的，谢林急急躁躁地去挡他们的摄像头："别拍了别拍了，他们正在排练小品呢，留着元旦晚会上看。"

这边劝说的效果堪忧，那边两人打得不可开交。

孟哲冬抱着肩膀在旁边看了会儿，适时地过去将两人拉开："差不多得了。"

两人对视了眼，带着情绪冷哼一声，别开了脑袋。

"散了散了，都结束了！快回去洗洗睡吧！"谢林终于成功地驱散了围观群众。

丁坤晃着两条腿坐在栏杆上，耳机挂在脖子上，像是听歌的摇滚少年。

曹建寿毫无形象地一屁股坐在平地上，捂着脑袋，低埋着头。孟哲冬推推他问："没什么事吧？"

曹建寿摇摇头："喝多了，头疼。"

谢林下意识地吐槽："说让你少喝点儿，你不听，活该。"

曹建寿没抬头，无缘无故地来了句："对不起。"

谢林被整蒙了，嚷嚷着："丁坤，寿桃和你道歉呢。"

隔了段距离坐在远处的丁坤闻言冷哼了声，拿起耳机戴上，看都没看这边。

曹建寿肿着半边脸，看看谢林又看看孟哲冬，慢吞吞地说："对不起，辩论赛……对方作假，故意买通评委，让我们赢了。"

"噗……"谢林忍不住破功，"寿桃你再组织一下语言，你这话说得没毛病？"

曹建寿摇摇头，解释："事情要从去年说起，我因为害怕输，躲了起来，害得队伍没有赶上决赛。丁坤将那次比赛看得很重，所以对我的怨恨很深。今年我和你们一起参加比赛，丁坤故意这样做嘲笑我……抱歉，让你们跟着我一起。"

谢林张张嘴，有些没有消化这些内容。

孟哲冬故作轻松地笑道："那你现在克服对输的恐惧了吗？"

曹建寿"嗯"了声点头，略带遗憾地说："以前是因为太重视，所以会有恐惧。我现在对辩论没有那样重视了，所以恐惧少了些。"

谢林终于回过味来，摸着后脑勺愤愤道："头一次听说还有主动打假赛让对方赢的，这个丁坤也是个奇葩，不过仗义得很，我喜欢，以后多多益善啊。"

这自然是玩笑话，几个人说说笑笑，话说清了，也就没事了。大家都是成年人，懂得大度，也知道适可而止。

曹建寿起身拍拍裤子上的土正准备离开，远处风风火火冲过来一个扎麻花辫的姑娘，隔着老远就听到她在喊："打架的呢，我看到朋友圈就立马来的，晚了吗？"

几个人狂汗，憋着嗓子像看傻子似的。

唐桃夭疾步朝着他们的方向跑过来，经过孟哲冬身边时，歪头微微笑了下，打招呼："你也在这儿啊。"

孟哲冬顿顿地点了下头，特别想装作不认识她。

唐桃夭倒是没等孟哲冬回答，径自跑到丁坤旁边，一把将他从栏杆上拽下来，原地蹦了下将他的耳机扯下来，拽着他胳膊看他身上的伤："好端端打什么架啊，伤哪儿了？"

谢林狐疑地望望孟哲冬，问什么情况。孟哲冬耸耸肩，表示自己也不知道。

只见方才还对曹建寿凶神恶煞的丁坤，一边乖乖地抻开胳膊让人检查，一边不耐烦地说："没事。"

唐桃夭没什么好脸色地瞪他一眼，扭了下他胳膊上被揍青的地方，凶他："这叫没事？"

"……"

"活该。"

唐桃夭见丁坤没什么大事，愤愤地扭头就走。

步子不快，丁坤手插在口袋也不拉她，径自迈开步子跟上来。

目送两人走远，遥遥听见丁坤难得好脾气地哄女孩儿："行了，别拉着一张脸了，我下次只要能吵架就不动手，行了吧。"

"关我什么事，你爱打就打。"唐桃夭冷哼。

丁坤撇嘴，淡声道："那我一打架，你就担心，罪过罪过。"

唐桃夭瞪了他一眼："那我哪里担心你，我这是看到朋友圈里发的视频，特意过来看戏的。"

"哦，行吧，就当你是看戏。"丁坤推了她的肩膀一下。

唐桃夭不提防地往前一个趔趄，正要骂人，就听丁坤说："请你吃夜宵，随便选。"

"这还差不多。"

风中飘零的三个人互相看看。

谢林猜："女朋友啊？"

"不是，发小。"曹建寿知道情况，"就和哲冬与江学妹似的。"

"哦哦。"谢林应着，想起来问，"你今晚又是有什么事，怎么和丁坤打起来了，不明状况的还以为是他输了比赛心中不服气呢。"

曹建寿敷衍地说："没事。"

谢林觉得不正常，想追问却见曹建寿一脸不愿意说的样子也就没再吭声，侧头看向孟哲冬，正想问他点儿事，就见他盯着丁坤离开的方向呆愣愣的，不知道在想什么。

孟哲冬突然开口说："你有没有觉着丁坤和我很像啊？"

"啊？"谢林莫名其妙地问道，"像吗？你是说身形差不多，还是说什么？我觉着你们俩长得不一样啊，他那么黑，你白着呢。"

孟哲冬笑了笑，自言自语："是不太像。"

深夜的操场并不寂静，晚练的人陆续多了起来，熙熙攘攘，有那么一瞬间，孟哲冬觉着丁坤与唐桃夭在一起的场景特别眼熟亲切，就像……就像他和江京雨在一起的时候，时常玩闹拌嘴，明明关心着对方却又逞强不承认。

友达以上，恋人未满。

这样的关系让人羡慕，却又让人心酸。

回宿舍的路上，孟哲冬拨通了江京雨的电话。

江京雨正在重温周星驰的电影，被百看不厌的情节逗得哈哈大笑："喂，你怎么突然给我打电话，有事吗？"

声音朗朗，噙着笑意。

孟哲冬嗓子一堵，突然就想起来江京雨说过的那句"咱俩太熟了，我对你没感觉"，心中好不容易说服自己的自我建设瞬间再度倒塌，他状似无意地说："没事，我就是找不到我的耳机线了，在你那儿吗？"

"你放到我包里去了吗？"那边传来江京雨窸窣的起身声，紧跟着她翻过包又说，"我的包里没有啊，你是不是忘在餐厅了？我帮你问问，别丢了。"

"我在宿舍里找找吧。"

"也行。"江京雨不察他的别扭纠结，轻松自然地应着，"那你找不到记得去餐厅看看。"

"对了，寿桃说了，他以前的辩论队就是因为他离队而解散的。"

江京雨吐槽："好吧，这也太平淡无奇了，没劲。那他又说是为什么离队吗？"

"嗯。挂了，你早点休息。"

"看电影呢，正看到一半就被你电话打断了。"

孟哲冬苦笑："那你继续看吧。"

江江，你知道吗？

我特别能理解寿桃说的那句因为重视，所以恐惧。就像我对你。

我既害怕自己喜欢你，又害怕自己不喜欢你。

我没有勇气说出口。

因为我既害怕你不喜欢我，又害怕你喜欢我。

王尔德说，世上只有两种悲剧，一种是想要而得不到，而另一种是得到。

我害怕得不到你，又害怕得到你。

Chapter five
人不熬夜枉少年

凌晨两点钟，孟哲冬接到江京雨的电话，迷迷糊糊地以为自己在做梦，翻身又睡过去了。江京雨连拨了两次，他终于清醒了："喂。"

"喂什么喂啊，你快点去'知乎'。"江京雨的声音听起来无比精神，"现在是发挥你三寸不烂之舌的时候，你别磨叽啊。"

"姑奶奶。"孟哲冬看了眼时间，抱怨着，"您现在还在国内吗，咱俩之间没有时差吧。"

江京雨干脆地打断他："别废话，我知道现在是凌晨，你快上知乎，帮我喷个人。真是气死我了，我一个人理论不过他……"

抗议无效的孟哲冬灰溜溜地裹着被子，低着头点开知乎，找到她说的那个帖子。

"这人是谁啊？"

"不认识。"江京雨噼里啪啦地敲键盘，不忘提醒他，"你用电脑，打字快。"

"哦。"

孟哲冬坐在凳子上，盯着笔记本屏幕等开机的工夫打了两个瞌睡。阳台没关的窗户冷风嗖嗖地往里吹，他光着膀子坐在那儿，无比凄凉。

"喂，你开电脑了吗？"电话那头的江京雨叫魂，"快点来帮忙。"

"来了。"孟哲冬丧丧地应着。

孟哲冬觉得奇怪了，自己怎么就和这个辩题怼上了呢。

知乎上一个 ID 是"不是体重沉那个沉的男人"发布了一个关于未来三年出版公司要关闭三分之二的言论，江京雨看不过，跟对方理论起来。

翻翻之前的对话内容，这不是他们最后一场辩论赛的辩题嘛。

有趣了，白天当正方，晚上要充当反方。

电子书与纸质书到底何去何从，谁走谁留，一万个人眼中有一万个哈姆·雷特，辩论赛上能辩出输赢来，但并不代表这件事情能够有高低之分。很多事情都没有绝对意义上的对与错，只不过立场不同、观念不同、态度不同。

江京雨在电话那头不停地催促："你开电脑了吗，我怎么没看你评论啊。"

孟哲冬撒谎："我匿名呢。"

"哦……"

孟哲冬试图挽救她："就是一个网友，爱说什么就说什么呗，你管他干吗，早点洗洗睡不好吗？"

江京雨义正词严地强调："你没觉得他说得挺有道理的吗，所以我才要理论理论。而且他的简介上说了他是个图书设计师，不说做一行爱一行吧，但也不至于这样诅咒出版行业吧。"

"也许他知道什么内部消息呢？"

"能知道什么内部消息啊。"江京雨不信邪，"他知道国内有多少家出版机构吗，报社、杂志、图书，粗略地说也得有上万家，他知道他说的那个三分之二是什么概念吗？"

孟哲冬惊叹："这么多家？"

"上万家是我瞎编的，具体多少我怎么知道。如雷贯耳的不少，更何况还有名不见经传的小门小户，虽然他们目前成绩不好，但不代表这个行业没有他们的席位啊。"江京雨脆亮的声音在寂静的深夜里显得格外具有穿透力。江京雨一个人在房间里，音量大得只要不扰民就行，但孟哲冬不一样，旁边三张床上是睡觉的室友，声音大点儿估计就有枕头扔下来砸他抗议。

后半夜，孟哲冬缩在凳子上，肩膀上披着条毯子，对着高亮的电脑屏幕，进行着一项十分无意义的"网络喷子"的工作。

当然他所说的每一句话都是有理有据，毫不杜撰胡扯。

直到江京雨欢呼："成了。刚才对方主动私信我，并答应删帖道歉。"

孟哲冬才如释重负："困死我了，以后再有这种事情……"他刚要说"你可别找我"了，就听江京雨笑嘻嘻地打断他："以后有这样的事情，我一定还会找你的。你这口才真的不是盖的，你就是战国的苏秦、三国的孔明、唐朝的魏徵啊！"

"行吧。"被意外夸奖的孟哲冬满意地收回了原话，打了个哈欠，"不行，我要睡觉了，我这多少年不熬夜的习惯，被你硬生生给掰回来了。"

"人不熬夜枉少年。"江京雨特别精神地邀请他，"小哥哥，要不要咱俩辩一下该不该熬夜？"

孟哲冬忙拒绝："惹不起，你去知乎开个帖子找热心网友辩去吧，我是中年人，我要睡觉。"

天亮了，宿舍其他几个男生陆续醒来。室友看见孟哲冬翻了个身，随口说："哲冬，你昨天晚上说梦话来着，什么姑奶奶什么时差的。"

"那是我在打电话，不是梦话。"孟哲冬揉揉眼皮，在他们商量着谁去学校餐厅带饭的时候，陷入了深度睡眠。

那边江京雨趴在床上，看着屏幕上代表着胜利的战果，嘴角有压抑不住的喜悦。

对方私信她："这位勇士，你赢了。"

江京雨毫不谦虚地敲键盘："承让，公民有言论自由，可也要为自己发表的言论负责。"

"教训的是。"对方却十分谦虚，"小姐姐，我们加个微信吧，交个朋友。"

出于礼貌，江京雨加上了对方的微信，简单地打过招呼后便用"我要去睡觉"这个借口断了聊天，顺便她还屏蔽了对方看自己朋友圈，只让他在好友列表里当一团空气。

怼了人一晚上，这样客气客气算是一种礼貌吧。

有人要为言论负责，而江京雨要为孟哲冬熬的通宵负责。

下午，江京雨趴在床上睡觉时，门板被"砰砰砰"地敲响，她不情不愿地从床上爬起来："谁啊？"

"我，开门。"

江京雨有气无力地倚在门上，看着门口站着的孟哲冬，打了个哈欠往回走重新倒在床上："有事吗？"

"别睡了。"孟哲冬将她拽起来，"陪我去趟医院。"

江京雨眼睛都没睁开就被推着往卫生间走："你怎么了？"

"不是我。"孟哲冬开了水龙头，挤好牙膏给她，"快点刷牙洗脸换衣服，昨晚寿桃和丁坤出去喝酒，丁坤喝多了，胃出血，正在医院躺着呢。"

江京雨瞪圆了眼睛，看他一眼，眼珠子一转，将嘴里的水吐出去："你同学住院了你自己去就是了，我去干吗？"

"话是这么说，但你和他们不也是朋友啊。"

"朋友归朋友，我这个普通朋友去不去无所谓。"江京雨漱了下口，将牙刷扔下准备回去睡回笼觉。

还没走出卫生间就被孟哲冬拽着肩膀拖回来："你忘了昨晚让我熬夜帮你怼人，我可是一整夜没睡啊，你得还回来。快，刷牙，然后一会儿请我吃完午餐，再一起去医院。"

江京雨咆哮："苍天啊！"

孟哲冬冷笑："叫爹也没用。"

江京雨翻了个白眼，被迫拿起牙刷，刷头往孟哲冬眼前一戳，示意："挤牙膏。"

"待会儿去医院买水果的钱你也出。"孟哲冬顺她心意，牙膏挤好。

"水果，什么水果？"

孟哲冬提醒她："去医院看望病人，能空着手去吗？"

"哥，"江京雨无语，"他是胃出血送去的医院，估计连饭都不能吃，你送水果去给谁吃？"

"我吃啊。"

江京雨咬着牙刷含糊地说："不要脸。"

"这是你欠我的。"趁江京雨刷牙不方便说话，孟哲冬不停地碎碎念，"我一个早睡早起作息良好的三好青年，被你硬生生逼着熬了一次夜，你欠我的可不止一夜这么简单……"

江京雨刷完牙，被孟哲冬塞了件紫色的毛衣过来："穿这件。"

"这衣服是去年的，不喜欢了。"江京雨抱怨着，去衣橱里重新挑。

孟哲冬在一旁控诉："今天降温，这个毛衣正合适，你信我。"

"行吧。"江京雨对着衣橱翻了半天，也没决定穿哪一件，最终勉强听了孟哲冬的建议。

孟哲冬坐在客厅里玩手机，看着江京雨穿了件和自己外套同一个颜色的毛衣出来，心里暗自窃喜。

江京雨不察他的小心思，随便搭了个包，招呼他出门。

去吃饭的路上，江京雨还在和孟哲冬计较着该谁请客的事情。

孟哲冬理直气壮地吐槽："昨天我打算在微博上发你几张黑照还击一下，最终想了想还是放弃了，你说为了这个，你不得请我吃顿饭吗？"

"请！"江京雨为他的厚脸皮折服，"你说想吃什么，满汉全席我也请！"

在江京雨的连声答应中，以及严肃警告的注视下，孟哲冬还算仗义地选择吃一碗馄饨就够了。

这还差不多。

如果孟哲冬宰得太过分，江京雨立马转身走人。

地道餐馆里，孟哲冬如约点了两碗馄饨，江京雨看不下去，又对着菜单点了几个，凑了三菜一汤。

孟哲冬得了便宜还卖乖："两个人吃，有点多吧。"他按住服务生准备抽走的菜单，状似无意地说，"我看这个浓郁鲫鱼汤不错，哎呀，就是有点贵。"

江京雨睨了他一眼，示意服务生将汤换成最贵的鲫鱼汤。

等服务生离开，孟哲冬挽着袖子叹气。

江京雨实在想颁给他一个奥斯卡小金人："戏精本精，你差不多得了啊。我一个没有工作的人没有资格潇洒，之前的那点儿存款都快被吃吃喝喝花完了。"

"这简单，花光了我养你啊。"孟哲冬脱口而出，一点诚意也没有。

江京雨信了他的鬼话，过了会儿，正经地问他意见："我这也休息了快一个月了，你觉得我接下来找个什么工作？"

"这都冬天了，过完年再找吧。"

孟哲冬的冬眠理论，江京雨很受用，但是明年找什么工作呢？

孟哲冬看了江京雨一眼，便猜到她心里想什么："你想做什么工作？"

"我除了做书，还真没有什么特别的爱好。"

"那就继续在这个行业找。"

江京雨托着脑袋，有些沮丧："出版行业你也知道，其实不管在哪家公司，现状和待遇都差不多，而且说实话，总角文化算是行业中出色的了。"

"可你又不能回头。"

"肯定是不回头的啊。"

服务生过来上菜，两人没有停止交谈。江京雨很认真地想了想自己的未来，她坚信自己未来一片光明，但是从哪里才能找到通往光明的入口，她还在寻找。

"算了，不想了，先潇洒过完今年再说。"

孟哲冬应声："大不了我拿稿费养你。"

"你到时候可别耍赖啊。"

"不会。"孟哲冬笃定地答应。

吃完饭结账时，孟哲冬抢在江京雨前面付了钱。

江京雨由衷地笑了笑："有你这么个发小，真是好。"

孟哲冬苦笑："敢情你现在才知道啊。"

两人去医院，在门口碰见唐桃夭蹲在大厅中央，面前保温桶里的热汤洒得精光。

保洁阿姨在旁边夸张地抱怨，唐桃夭不停地道歉，并帮忙清理着地板。

唐桃夭抬头见两人，勉强笑着打招呼："你们来了，是看丁坤的吗？"在得到孟哲冬点头应答后，她又说，"你等等我，我清理好了和你们一起上去。"

乘电梯上去的时候，唐桃夭挽着江京雨的胳膊，关系好得像是亲姐妹似的。江京雨想起来问："那汤是要带给丁坤的？"

"本来是，不过都洒了，他也就没有缘分喝了。"唐桃夭委屈巴巴地搓搓被烫到的手指，"白白浪费我煮了那么久时间。"

如果换作江京雨给住院的孟哲冬煮汤，就算他没有喝到，江京雨也绝对不忘在他面前邀功一番的，但是……唐桃夭进了病房后却只口不提鸡汤的事。

看着丁坤在埋怨唐桃夭空手来的事情，江京雨嘴巴一张，忍不住想要替唐桃夭辩解，谁知还没开口，就被一旁的孟哲冬制止。

江京雨不解地歪头。

孟哲冬晃晃手机，江京雨拿出手机，给他发消息："你为什么不让我说话？"

孟哲冬回："我知道你要说什么。"

江京雨问："那又怎么样？"

孟哲冬又回："你难道看不出来唐桃夭喜欢丁坤吗？"

江京雨疑惑："有吗？"

孟哲冬嘲笑她："怎么没有，你的聪明劲估计都在昨晚怼人的时候用光了。"

江京雨不服气。

那边丁坤和唐桃夭还在互怼，热热闹闹的，像极了平日里她和孟哲冬斗嘴的样子，一件无聊的事情，就能够莫名其妙地计较好一阵。

用谢林的话说就是："这两个人真奇葩，下午拿辩论赛当儿戏在冷战，晚上想不开去操场干架，打完了刺激了晚上睡不着，两个人商量了出去喝酒。你说喝就喝吧，多大的一个人了，好歹有些数啊，自己有多少酒量自己不知道？非得逞强，这不进了医院，一左一右躺着，两人可是舒坦了。"

病房里两间房，寿桃靠门，丁坤靠窗，中间隔了条过道。

唐桃夭和丁坤嬉闹的时候，谢林和王显就在曹建寿旁边说着风凉话。

曹建寿掀着被子往头上一蒙，找清静。

两个人说还不够，谢林非得拉上孟哲冬，寻求赞同："哲冬，你说是不是？"

"是，就是啊。"孟哲冬煞是正经地开玩笑，"寿桃你说你什么时候能够成熟一点啊？"

三个人不停吐槽着，曹建寿终于听不下去了，烦躁地一露头，准备回击，瞅了瞅三个人，挑了个比较脸皮薄的："江学妹，你快过来管管孟哲冬，太聒噪了。"

孟哲冬自己说："天生就这样，管不了。"

被点名的江京雨赔笑脸，附和他们几个人的话："寿桃，不是我不帮你啊，我是真心觉得喝酒能喝进医院这件事特别丢人，都不好意思替你辩解。"

"你还是我认识的那个江学妹吗？"曹建寿苦着一张脸吐槽，

"你一定是被孟哲冬带坏了，嘴巴这么毒。"

"哎，真不巧。"孟哲冬扶额叹气，"这个啊，真不是我教的，这姑娘啊，天生毒舌，等你熟了就知道了，比我还要厉害。"

"算了算了，我还是蒙头睡觉吧。"曹建寿往被子里一缩，声音闷闷地传出来，"我说你们也别都在这儿守着了，该写论文写论文去，该打游戏打游戏去。"

"都没你重要。"谢林变魔术似的，从双肩包里拿出几台笔记本电脑来，不客气地拍拍曹建寿的被子，"喂喂喂，别睡了，电脑都给你搬来了，就怕你住院无聊，一起开黑啊。"

"哇，拉风啊！"丁坤跟着露露头。

谢林也给了他一台，说："这个你用。"

五台电脑，五个人，刚好组一队，男生们有说有笑有默契地加入了游戏。

这天傍晚，远处天空霞光放彩，流云如锦帛，病房里五个男生，两个在床上躺着，三个在凳子上坐着，交流不断、笑声不停，喊嚷着、催促着，场面无比让人羡慕。

很多年后，各有家庭后，为工作、为生活忙碌奔波的他们，真的无比怀念这个时光。

江京雨看着几个人玩得正起兴，凑到唐桃夭旁边，商量："我们出去走走吧。"

"好。"

医院的草坪上，不少散步的病人。唐桃夭挽着江京雨的胳膊，漫步在那儿，像是亲昵的老同学。唐桃夭身上有一种魔力，让人不自觉地乐观与正能量，像是一个小太阳，滚烫炙热，时常叽叽喳喳的她是身边人的开心果。

江京雨想到孟哲冬说的"你看不出唐桃夭喜欢丁坤啊"，心中就有些难受，爱上自己的好朋友，这件事情本身就足够让人悲伤了。友情与爱情，都是同等重要，但是友情转变为爱情，真的很困难。

江京雨与孟哲冬就是个例子。

因为太熟悉了，少了很多恋人间怦然心动的瞬间。

虽然说吵闹拌嘴的氛围在很多时候比情侣间都要和谐，但是友情就是友情，好朋友就是好朋友。

"江江姐，我真的好开心啊，从来没想过能够和你成为朋友。"唐桃夭灿烂地笑道。

江京雨说："我又不是多么不好相处，成为朋友很难吗？"

"你以前在我的世界就是存在于微博里的人，就和孟哲冬似的，一直喜欢他的书，却没想过也能有机会做朋友。这种感觉就好像是——江江姐你追星吗，我能够和你们做朋友，就好像能够和明星交朋友似的，这种感觉很……"唐桃夭歪着脑袋想想，"很受宠若惊。"

江京雨失笑："有这么夸张？"

"真的。我从初中起，就是总角图书的读者，每一期杂志我都要买。"唐桃夭一脸骄傲地说，"我还记得有次你在微博直播，说你当编辑的过程，"她开始回忆，"你谈毕业前给公司投的简历，接到面试电话后便直接打包行李去上班了。我当时听着特别羡慕，心想，等我毕业，我也要去做你的同事。"

江京雨记得有这么回事。那年国庆，孟哲冬踢球伤到了腿，原本订了去巴厘岛旅行的计划泡汤了。她在家中百无聊赖地在微博开起了直播，确实说过这件事。毕业季，身边的朋友都面临着升学与工作两个选择，而她在接到公司的录取通知后便毅然决然地开始工作。

这决定做起来，其实一点也不困难，也没有唐桃夭脑中添油加醋所畅想的潇洒。

不过，江京雨有着和唐桃夭相似的地方："我热爱图书，所以选择出版。但是将热爱和兴趣作为工作，其实是一件很痛苦的事情，会让大多数人对这个难得的兴趣失去兴趣。"

唐桃夭困惑："那你现在还喜欢这份工作吗？"

江京雨笑着点头："很幸运我是那小部分的人，我依然喜欢。"

她没有想过从事其他工作，甚至写书这件事，她也没想过。图书的制作，其实在某些意义上的分量并不亚于一个写作者所编织的故事。图书编辑给图书找到合适的封面，用合适的设计，将它们内在的价值展现到最大化。

但是……

江京雨叹气："不过现在出版市场不好做。"

"所以你辞职了？"唐桃夭说完就想起来，"不对不对，你辞职是因为打了上司。"

想到两人初相识的往事，只觉得缘分很奇妙。江京雨澄清："我并没有对出版市场失望。"

她之前所从事的言情小说这一块太多限制，因为所适应年龄段的原因，所以在书籍的设计上面偏向于固定化、统一化，表达的层面仅仅是如何吸引读者，往往就忽略了将故事本身的东西挖掘出来。

江京雨想过很多次这个问题。

但是，如果消耗上精力与心思，势必要付诸一定的财力。而这些财力所能够换回的销量、业绩往往并不如意。

不过，昨晚在知乎上与人理论后，江京雨查过很多资料。在书籍设计这一块的价值与存在意义，不仅仅是在国外，甚至在国内，都有一批专门的书籍设计师。他们用自己巧妙的灵感与构思，将一本书做得精致而又完美。

他们不谋和市场，只挖掘意义，但是这势必就要求有说话权，而江京雨如果留在图书编辑这个职位上，永远都掌握不到话语权。

　　"我还是会做书，做高质量的书，做让自己让读者满意的书。"
江京雨万分笃定地看着唐桃夭，"但那些书可能和你们平时看到的
言情小说不一样。"

　　在辩论赛上，江京雨记得丁坤说过一句话："供普通人阅读的
流行一时的周期短、见效快、收益高的畅销书适合做成电子书销售，
而专业一点的具有文化底蕴需要图文、质感、设计的书籍肯定不能
被取代。"

　　所以，她更想做不能被取代的这一类书籍。

　　孟哲冬结束游戏打电话给江京雨的时候，她正在对着电脑敲敲
打打，手上的动作不停，歪着脑袋用肩膀夹着手机："喂。"

　　"你跑哪儿去了？"他问。

　　江京雨说："我回家了。"

　　"什么？"孟哲冬抬高声调，不知道是没有听清楚还是因为太
过惊讶，顿了两秒钟，"你怎么回去了？不会是困得回去补觉了吧，
你这身体不太行啊，年轻人。"

　　"没有。"江京雨说，"在写策划案。"

　　孟哲冬疑问："你不是还没找工作吗？"

　　江京雨点头："正在找。"

　　想一出是一出。孟哲冬搞不懂她的脑回路："那你写吧。"

"你现在回家了吗？"

"还没。"

江京雨看了眼时间，估计得通宵写："那正好，你把外套给我带回来，顺便给我带份外卖。"

"行吧，我估计上辈子欠你一条命，这辈子来还。"孟哲冬不情不愿地应着，"想吃什么？"

"你看着买。"

"口味重一点的，还是清淡一点的？"

"重一点。"

"那就买'麻小'吧。"

一个小时后，孟哲冬拎着打包的大份麻辣小龙虾敲开江京雨公寓的门："策划写成什么样了，我看看。"

"你满手油，别摸电脑。"江京雨不客气地挡开孟哲冬伸过来要拉电脑的胳膊，径自摘了一次性手套，用纸巾擦干净手指给孟哲冬划着策划书，"我第一次写，不一定正规，但意思就是这样。"

孟哲冬一边吃虾一边指挥着江京雨翻页。

江京雨一只手没法剥虾，眼看着孟哲冬一只只地往嘴里塞着，只有眼馋的份。

"不过让公司通过这份策划，很悬。"江京雨眼疾手快从孟哲冬手里抢过一个他新剥好的虾肉，津津有味地吃起来。

孟哲冬苦不堪言，还是剥了一只主动递过去："别人家不通过，咱就自己开公司呗。"

"咱？"江京雨觉得好笑，"我和你啊——"手握成拳头，凑到孟哲冬下巴，兴致勃勃地采访他，"请问大才子你有多少存款啊？"

孟哲冬手套一摘，绕道去洗了手，然后掏出手机，认认真真算了起来。

江京雨有那么一瞬间，差点就要被孟哲冬郑重其事的认真模样感动到，但是短暂地感动过后，她很快恢复了平静。

手机计算器被他开了音量，用成了专门带报数的超市专用款。

江京雨将电脑一推，戴了一副新的手套，开始填肚子，吃虾的空隙，拿眼睛去瞧他。

"开一家公司，启动资金最少需要这些。"孟哲冬示意她看，然后又按了个减号，输了另一串，说，"这是我的存款，"孟哲冬看一眼江京雨，放弃了问题，"算了，知道你没存什么钱，就不用你的了。"

说得像真能开起来似的，江京雨不服气地从他手里夺过手机，输了个大概的数字。

孟哲冬在一旁撇嘴："哟！还是小富婆。"

"没你有钱。"江京雨按等号，竖起手机来让孟哲冬看结果，提醒他，"差的可不是一点。"

孟哲冬不以为意："嗨，有什么大不了的。"他眼皮半耷着，身上学生气的稚嫩渐渐隐去，有着成年男人的熟稔与稳重，给人以靠谱与踏实的错觉。

对，就是错觉。

"咱俩这情况贷款是不现实的，回头我让我妈赞助点儿，就算她投资。"孟哲冬瞎出主意。

得到江京雨的冷哼后，孟哲冬十分不乐意地倒吸口气，眉头一皱，满是意见："你别不当回事啊，我是认真说的。反正我要毕业了，也不知道以后要做什么，正好你现在也没工作，就一起试试呗。"

就一起试试呗。

话说得轻松。

江京雨心虚，有些发怵："我就是一给人打工的，空有几年编辑经验，应付不来吧。"

"不去尝试怎么知道不行。"孟哲冬倒是一把劝人的老手，"再说了，就算真的失败了，损失的也只是一笔资金，你要是真的没钱了，你爸妈能不管你让你街头要饭吗？"

"我自己存了好久的。"

"存的嫁妆钱啊？"孟哲冬拍胸脯道，"你嫁给我吧，不用准备嫁妆，我倒贴给你聘礼。"

"拉倒吧。"江京雨翻了个白眼丢给他。

她安静地剥虾，孟哲冬没有打扰她。看得出来，江京雨在思考，两个人的这段对话，虽然插科打诨的成分偏多，但是刨去那些戏谑的玩笑话，两个人坦坦荡荡地都有些真诚在里面。

孟哲冬突然的那句"自己开公司"让江京雨有些心动，猖狂的年纪，谁不是明知道前途渺茫仍不断试错，所以她并不害怕失败。

空有壮志，金刚钻却不够好，那做工精致的瓷器活，恐怕很难完成啊。

一直缄默的孟哲冬，看穿她的小心思："又不是说非要现在马上开起来。我还有一年才毕业，你这一年如果不想工作，就镀一镀金，不是让你出国，国外有什么好学的，造纸术是咱中国的东西，以后咱做的书，是给自己国家的人看。

"最近准备辩论赛，我也看了不少这方面的资料。现在读者不愿意买书，理由千千万，最终刨根问底下来，还不是因为纸质书做得不够好，没有能够打动购买者的点。什么纸质书能被电子书取代啊，我呸，今天辩论时说违心的话，几次差点没咬断自己的舌头。

"其实让我说，以前人看书，重要的是学习内容，现在电子书来和纸质书竞争内容，自然轻而易举地比下去了。所以，如果真的要做，不能只做内容，要做细节。我之前看过一个采访，国外的书籍设计师，他们做的书，不仅仅是一本书，更是一个艺术品。"

此刻孟哲冬的侃侃而谈，不是辩论台上的严谨肃然，正直重视的状态是平常孟哲冬难得被发掘的一面。

孟哲冬不客气地弹了江京雨的脑门儿一下，不正经地笑："发什么呆呢，是不是被我帅倒了？"

"喊。"江京雨轻笑完，不禁重视孟哲冬聊到的这个问题上，"在这方面，我和你的想法不谋而合。十年前，出版行业就被成为夕阳行业，但到如今也没见它真的被谁取代了，还是存在很多人，对纸质书有着不一般的依赖与钟情的，我们需要做的，就是唤醒大部分人心中对于纸质书的热情。"

孟哲冬附和："就像不敢承认的暗恋，需要有人给予他们勇气，让他们敢于表达爱意。"

什么破比喻。江京雨嗤笑："还勇气呢，你以为你是梁静茹啊。"

"我不是梁静茹，我也没有勇气。"孟哲冬抖着二郎腿，脚尖一点一点，开始哼《勇气》那首歌。

江京雨十分想将这个在她面前正经不过三秒钟的人赶出去。

Chapter six
与你成长

元旦节的时候，天空有飘雪，气温骤降。

没有暖气的南方只能靠着一身正气度日，江京雨窝在并不温暖的被窝里，一边用手机缴纳了上个月的电费，一边翻看几本去年在国际上获设计奖的书籍。

孟哲冬电话拨过来，江京雨滑到床沿的手机振动了两下掉在了地毯上。

"喂。"孟哲冬声音精神，朝气满满，"你现在收拾一下出门来我们学校，我给你介绍个人。"

"谁啊？"江京雨不认为孟哲冬会有什么大事，"你新交的女朋友我可不愿意见啊。"

办公楼楼头的窗户没关，风声呼呼吹得像是哨子，孟哲冬没心没肺地逗她："对，就是我交的女朋友，给你长长眼。"

"喊，这有什么好看的。"江京雨不以为意，要挂电话。

孟哲冬忙制止她："一会儿一起吃饭，想吃什么你决定。"

"行吧。"看在美食的面子上，江京雨淡淡地应着。

"外边天冷，多穿点儿，打个车，快点过来，迟了也就印象不好了。"办公室里有两个中年男人相谈甚欢地出来，正在礼貌地握手告别，孟哲冬匆匆地提醒完，就挂了电话，朝着走廊中央的两个中年男人迎过去。

孟哲冬礼貌地问好："张教授。"

"小孟啊，你来得正好，你之前不是问我关于书籍设计的事情吗。"张教授笑吟吟地指着旁边半头白发的男人给他介绍，"这位是林敬文，从事书籍设计工作三十余年。"

"林先生好。"

挂断电话后，江京雨躺在床上又翻了两页书，一个字也没看进去。

　　她拿起昨天穿过的脱下来直接搭在电脑椅上的毛衣长裤，漫不经心地往身上套。转念想起自己这趟是去见孟哲冬的女朋友，在女生面前总不能被人比下去了。旧衣服重新丢回了椅子上，进卫生间认真洗了个澡，护肤化妆一项不少，头发吹出型，根根分明。

　　衣服自然也是挑的最满意的一件，美艳而又不俗气，简约却很显气质。

　　孟哲冬会交一个什么样的女朋友呢？江京雨想了挺久，也没猜出来。

　　很大可能是个小女生，他容易驾驭，但又不能不考虑他可能找一个比较成熟的御姐。她脑袋里过了一圈孟哲冬生活圈子里的女性朋友，也没思索出谁的可能性最大来。

　　在江京雨的印象里，孟哲冬就交过一任女朋友，还是她给他介绍的。

　　别看孟哲冬平日里对待朋友温和礼遇，但是在爱情这个事上，他像是缺根筋还没成熟的小学生。江京雨曾见过有大胆的女生当面递情书，孟哲冬笑嘻嘻地接过来，不给对方说话的机会直接问："说吧，需要我帮你转交给谁？"不少表白都被孟哲冬也不知道是真傻还是装傻给婉拒了。

　　如今，竟然有了女朋友。

　　江京雨还是挺好奇，两人是怎么认识，是谁追的谁。

对着镜子戴耳环的时候，江京雨看着右耳上的小黑痣，突然心慌地顿了下动作。如果他谈了女朋友，那是不是就代表，两个人之间，就不能够再像以前那样吵闹拌嘴了？

刚才他在电话催她快一点……

以后在她和女朋友之间，他肯定会更偏向于女朋友吧。

心里酸酸的，有些不是滋味。

不过这也是常情。江京雨快速地将两个耳环扣好，照着镜子检查了遍形象，快速出门了。如果只是孟哲冬一个人，江京雨磨蹭一个小时都能理直气壮脸不红心不跳地出现，但多了个女朋友，怎么着也得给孟哲冬一个面子，留下个好印象，日后好相处。

一个小时后，江京雨从冷风中来，在孟哲冬的指示下，来到了学校对面一家在她眼里最不实惠的咖啡馆。

江京雨推门进去，在服务生热情的问候中搓搓手，挺胸抬头，四处张望。咖啡厅的操作台在中央，作为贴着墙壁环绕四周，孟哲冬坐的位置，正冲门口，江京雨不费劲就能看到他，不过对面的人被操作台的边角挡住了，看不见人。

孟哲冬似乎心情不错，冲江京雨招手时，不耽误满脸笑容地和对面的人聊天。

也不知道在聊什么，孟哲冬嘴角都快扬到苹果肌了。

她朝着那方向纤纤细步地走过去，正琢磨着打招呼的开场白。

"你好……"随着她接近，对面的人渐渐显露出来。

男的？

还是上了年纪的男人，头发半白。

江京雨一脸狐疑地看看孟哲冬，后者起身，将她往自己跟前拽拽，主动介绍："林先生，这是我刚才提到的江京雨。江江，这是林敬文先生。"

林敬文？

江京雨眨眨眼睛，一脸不可思议地看看孟哲冬。在孟哲冬坦然而自信的笑容里，她缓缓将目光投向对面一身中山装的男人，毕恭毕敬的语气里满满的尊重："你好，林先生。"

林敬文和善的表情下，不怒自威："听小孟说，你想做书籍设计这一块的研究，坐下聊聊？"

"好。"江京雨受宠若惊地忙点头。

在前辈面前，江京雨小心翼翼地说着自己微不足道的见解，紧张得掌心都在冒汗。

孟哲冬坐在旁边，倒是一脸坦然。

想要将自己对这一块的所思所想全部说出来，却又害怕某些幼稚不成熟的思想会让行内人笑话。等江京雨将自己的主要观点陈述完的时候，只觉得口干舌燥，紧张与惶恐倒是小了很多。

在她一脸期待中，林敬文轻轻地点了下头，不夸不贬，只说："其实书籍设计，说简单也很简单，说复杂也复杂，就像写书，需要的是灵感。我月底在沙市会有一场书籍展，刚才已经给了小孟邀请函，有兴趣的话，你们可以去看看。"

江京雨愣了愣，后悔自己一番说辞不够精彩。

孟哲冬察觉到江京雨失落的情绪，轻轻撞了下她的手臂，提醒："票在我这儿，周末一起去。"

"谢谢。"

林敬文赶时间，所以先走了。江京雨笑吟吟地目送着他离开，一扭头，结实的巴掌拍到了孟哲冬的肩膀上，愤愤道："你怎么不早提醒我是林敬文啊！我好歹不磨蹭化妆早点到啊。"

在公共场合，江京雨声音压得很低，那巴掌拍的音量都比嗓音大。

孟哲冬夸张地捂着胸口，作势往后倒："我没和你说吗？说了吧，让你快点过来。"

"我……"孟哲冬好像是真的提醒过她，江京雨没理，"你刚才不是说让我见见女朋友吗，女朋友在哪里？"

"逗你玩的，我整天忙论文像条狗似的，哪有空交女朋友啊。"

江京雨嗤笑："小伙子，不太行啊。异性相吸，种族繁衍，是本能。"

"我的本能是趋利避害。"孟哲冬举着两张请柬在她脸前晃了晃，"想去看吗，想去的话就对我好点儿。"

江京雨伸手要去抢："反正也没谁对这个展感兴趣，我看你不给我给谁。"

孟哲冬笑了笑："谁说没人感兴趣的，我搁网上卖，还能有个不错的价钱，这可是内部票哎。"

"小人得志，你这样做，被林先生知道了，直接拉进黑名单，动作太脏了。"江京雨翻了个白眼，想起来问，"你还没告诉我你什么时候认识林敬文的，他可是艺术界的翘楚。"

"艺术界，啧啧。"孟哲冬嘲笑她的工夫，她瞅准时机抓住他的手腕将请柬夺了下来。

烫金色的卡纸，上下翻叠，邀请的内容印在中央。

"要不属于什么？"书籍设计与内容创作是完全两个领域，而江京雨作为一个既不擅长设计也不擅长创作的过路人，想要深层次涉猎，确实还有很长的一段路要去走。

从编辑，跨越到书籍设计师。需要学习与吸收的知识，并不是短时间内或是靠后天就能够完成的。

前路漫漫，任重道远。

江京雨只能努力，尽自己所能，做到最好。她仔细将请柬收好，郑重道："我，得努力了。"

人外有人，天外有天。这句话在周末的书籍展上，江京雨切实地体验了一遍。

孟哲冬自以为熟稔地在张教授的办公室门口遇到了林敬文，获得了见面的机会并且有幸拿到书籍展的邀请函。

周末，两人如约出现。

当一件设计被无限放大，从细微处便能够看出它的精致——这是江京雨进入书展后最大的感受。太震撼了，陈列台上摆着样书，墙壁上屏幕 360 度无死角地展示着它的每一个细节。

江京雨渐渐感受到了压力，她信誓旦旦地说："有一天，我也一定能做出一本书，摆在这里。"

"谁说的。"在江京雨扭头瞪了孟哲冬一眼后，他神色淡然地将手里拿着的一本样书放回到书架上，将话说完，"谁说你只能做一本，你一定可以做出来很多本。"

江京雨满意："这还差不多。"

孟哲冬以为自己足够了解江京雨，从小到大，她的微表情、小情绪代表着是喜悦还是厌恶，他都一清二楚，不管她做什么决定，他总是无条件并且尽最大可能地去支持她帮助她。

但在这件事情上，孟哲冬低估了江京雨的决心与毅力。

自打从书展回来后，江京雨一天二十四小时，一天睡够五个小时，其他时间全都在学习，做各种各样的功课，接触各种各样的设计方面的知识。用江京雨的话说就是："我不是科班生，好在我现在年纪不大，学习能力还行，那就从头来呗，就当是又读了一次大学。"

看着江京雨的状态，孟哲冬十分不放心。正巧他们辩论队过五关斩六将，获得了去北京参加比赛的资格，借着这个机会，孟哲冬说服江京雨一起去散心。

机场，辩论队的几个男生见到江京雨和孟哲冬从车上下来，纷纷打招呼。

江京雨落落大方地说笑："你们不要嫌我跟着麻烦啊，我这次可是算你们辩论队的经纪人，你们这几天的安排啊行程啊，我都负责。"

曹建寿配合地问："能申请比赛完了留几天旅游吗？"

"必需的，打卡地点我都计划好了！"江京雨一挥手。

王显也问："那能申请睡单间吗？他们打呼噜太严重了，影响比赛。"

"你自己刷卡就能。"

谢林也跟着演："那我们的消费有人给报销吗？"

江京雨嗤笑，指了指冤大头孟哲冬："最后把发票都给他，管不管报就不一定了。"

"别在这儿站着了，挡道。"孟哲冬拖着行李箱招招手示意众人跟上，"你们就听江京雨胡咧咧吧，她这个活生生的路痴，等到了北京出了机场估计就找不到东西南北了，还领队呢。"

"啧！"江京雨咂舌，"瞧不起谁啊。"

等上了飞机，在空中飞行，孟哲冬又拿方向感这件事情来取笑她："你说我们现在是朝哪个方向飞？"

江京雨下意识地往云层看看："这不早不晚的，也没个太阳判断，谁知道朝哪儿飞。"

"我知道。"孟哲冬赤裸裸地冷笑着嘲笑她，"北京在沙市的北边，所以现在飞机正往北方飞。"

江京雨抖抖肩膀："哎，好冷。"

坐他们后排的曹建寿耳朵尖，听到了这句话，跟着附和："谢林你外套不穿给我盖一下，空调有点冷，睡觉估计会感冒。"

谢林将外套甩他身上，吐槽："冻不死你，我的衣服你盖着别穿，撑松了我还怎么穿。"

到北京时一点多，一伙人浩浩荡荡地拖着行李箱去找地方填肚子，然后才去了酒店放行李。

晚上几个男生商量着要出去看看北京的夜景，江京雨揉着发酸的脚踝："我就不去了，穿了一天高跟鞋，感觉脚要断掉了。"

孟哲冬没逼她："那你休息吧，有什么需要给我打电话。"

"好。"江京雨应声。

孟哲冬关门前，看着她开了电脑，心里还惦记着学习，默不作声地关了门，没有多话。几个男生勾肩搭背地往走廊尽头走，孟哲冬和他们说："明天比赛完，我就不和你们一起了。"

"你要去哪儿？"谢林问。

"有点私事，我和江江去见一个人。"

他们要见的那个人，是林敬文。

辗转通过教授，孟哲冬再次联系上了林敬文，并且约了这次见面的机会，不过这些江京雨都不知道。这段时间，看着江京雨紧绷高压的状态，孟哲冬感觉到心疼与难受，恨自己帮不上忙，又恨自己没有那通天的本事，所以准备了这个小小的惊喜。

第二天与林敬文见面，是在傍晚。晚饭时分，江京雨受宠若惊地与林敬文夫妇在家中同桌吃饭，并且有了一次来北京学习的机会。听到这个消息，江京雨恨不得不回沙市，现在就留在北京，林敬文却建议，考虑到公司工作安排，时间定在了年后。

有了目标与希望，就会觉着特别满足，对清晨的阳光充满期待。

家家户户贴起对联挂起红灯笼张罗着春节，浓浓的节日气氛遍布大街小巷，一些烂熟于耳的流行歌曲又一年反复循环。

江爸江妈因为工作的原因留在实验室没有回家，江京雨年夜饭是在孟家吃的。这并不是第一次出现这样的情况，从很小的时候起，江京雨便被送到孟家。

有时候江京雨就在想，自己会不会有一天将爸妈的长相给忘记了。

与父母通电话，来去两句春节快乐以及俗套的问候后，父母便以实验室离不开人为理由匆匆地将电话挂断了。

江京雨站在窗边，对着黑掉的手机屏幕愣了好久，说服自己这一通电话确实存在。

玻璃窗外墨蓝色的天幕上，星光点点，月光时而清凉时而被遮挡。她看向外面的视线有些出神，孟哲冬站在她旁边同她说了好几句话，她都没有听到。

"喂！想什么呢？"孟哲冬拍了她肩膀一下。

江京雨抖了下，勉强扯嘴角笑："好多年没有看过烟花了。"

"想看吗？"

她淡淡地应声："嗯。"

"那吃完晚饭，带你去放烟花。"孟哲冬难得温柔。

一桌子的饭菜，丰盛而又可口。吃饭前习惯性地拍了张照片，大家发朋友圈用，然后说了几句祝福词便拿起筷子开动。江京雨食不知味地吃了眼前的菜，孟阿姨热情地给她夹着鱼肉："江江，刚刚和你爸妈通过电话了吧。"

"谢谢阿姨，通过了。"

"你也不要怪他们，他们也不只是春节忙，一年到头都忙。"孟母说，"你和小冬一起长大，就像亲兄妹似的，在这里就和自己家一个样儿，你想吃什么就自己夹，不用客气。"

江京雨点头应着。

孟哲冬看出来她今天兴致不太高，与父母通过电话后情绪更加糟糕，不难猜出是因为什么。

孟哲冬眼疾手快地将自家母亲夹到江京雨碗里的鸡翅抢过来，笑呵呵地解释："妈，你放心吧，她才不会客气呢。"

"那是我给江江夹的，想吃你自己从盘子夹。"孟母厉声教训完孟哲冬，转头又给江京雨夹了一个，"江江，吃这个。"

"阿姨，我自己夹。"

孟父从厨房端了汤出来，特意绕了半个桌子放到江京雨的手边："江江，你最喜欢喝的蛋花汤，你爸交代我做的。"

"谢谢叔叔。"

孟哲冬看了眼汤碗，撇嘴："爸妈，你们真偏心，搞得江江像是亲生的，我捡来的似的。"

"给给给，这盘肉挪你这边。"孟母无奈地觑了眼争风吃醋的儿子，将老公跟前的一盆肉端给他。

孟父在一旁佯装失落，捏着嗓子跟风哭诉："你也偏心。"

"就偏了！"孟母理直气壮，"年底体检都三高了，还吃。"

"哭唧唧。"孟父瘪嘴卖萌。

孟哲冬在一旁实在是笑得肚子疼，主动夹了一块肉搁在他盘子里："哎哟喂，爸，我要被你笑死了，给你一块肉，可怜可怜你。"

一块特别小的小肉丁。

孟哲冬郑重其事道："快点吃，免得我妈抢你的肉。"

孟父配合地夹起来，在孟母怒视的眼神下，吃进嘴里后，忌惮地吐到了旁边的垃圾桶里，摆摆手，懂事道："我都'三高'了，不能吃不能吃。"

孟母见状，满意地嘀咕："这还差不多。"

一桌的气氛被调动起来，孟哲冬连续讲了几个笑话，逗得江京雨渐渐放松下来。从小到大的生活状态就是这个样子，没有希望，也没有失望，所以她应该学着适应并且习惯才对。

孟哲冬坐在她旁边，和她低声咬耳朵："快点吃，一会儿我们去放烟花。"

"去哪儿放？"

"一会儿你就知道了。"

年夜饭，大鱼大肉的油腻，江京雨吃了两口觉着没什么胃口："你买了烟花？"

孟哲冬说："早就买了。"

江京雨确实没有吃饭的心思，所以注意力都放在烟花上："买了多少？"

"够我们两个人放的。"

江京雨应了声，吃了两口菜，又转过头："买的什么样的？"

"啧。"孟哲冬哭笑不得，"要不我们现在去吧。"

"行啊！"江京雨立马放下筷子，作势就要起来。

孟哲冬无奈地跟上她："爸妈，我俩吃饱了，出去走走。"

"叔叔阿姨，你们慢慢吃，今天的菜很好吃。"

孟母狐疑地看他们："这就饱了啊，也没见你们吃多少东西啊。"

两人齐声应和："饱了饱了。"

还要说什么，就目送着两人一溜烟穿上外套换好了鞋子开门出去。孟父通情达理地解释："刚才没听他俩小声说嘛，要去放烟花呢。孩子大了，有自己的主意了，就不要管他们了，我们吃我们吃。"

孟母目光尖锐地将孟父私藏在碗底的五花肉夹出来，责备："还说孩子呢，我看你还不如孩子懂事呢。"

"不能吃肉不能吃肉。"孟父委屈地念经，"我吃菜我吃菜。"

过了会儿，孟母想起来问："老孟，你说，这俩孩子是不是在谈恋爱啊？”

　　“不太……像吧。”

　　“到底是像还是不像啊。”孟母白了他一眼，“我觉得挺好的。”

　　孟父跟着笑：“我也觉得挺好。”

　　刚从室内出来，江京雨就打了个喷嚏。

　　孟哲冬拽了下她外套的帽子，给她戴好，顺手在她头顶按了按：“让你穿那件厚的。”

　　江京雨抓着孟哲冬的手从脑袋上拉下来，还没等说话，只听孟哲冬也跟着打了个喷嚏。江京雨幸灾乐祸地笑：“哼，还说我呢。”

　　孟哲冬不服气：“一定是有人在想我。”

　　“你可拉倒吧。”江京雨搞笑的口音脱口而出，“我打个喷嚏就是感冒，你打个喷嚏就是有人想你，你脸皮真的厚，你怎么不说有人在说你坏话呢。”

　　“我这么好，谁会说我坏话。”

　　江京雨不留情面地拆穿：“你哪里好了？”

　　“我哪里都好啊。”孟哲冬耍宝似的晃晃胳膊，“我这里有烟花哦，你说我好不好？”

　　江京雨瞧着他一副“你不说我好我就不给你放烟花”的架势，能屈能伸地主动退步：“好，”她加重语气强调，“你特别好！”

原本江京雨还在琢磨孟哲冬找的放烟花的地方在哪里，等看到他递过来的一大兜仙女棒瞬间就不琢磨了，仙女棒，在室内也能点燃。孟哲冬折回屋里，取了条自己的围巾出来给江京雨绕在脖子上，江京雨被他贴心的举动突然就暖到了，鼻子一酸，要说谢谢。

谁知孟哲冬在给她围好围巾后，强迫症地将围巾两端扯得一样齐，然后满意地拽着围巾的两端，像是牵小狗似的，拉着江京雨往前走。

那句到喉咙口的"谢谢"，硬生生地被江京雨憋回去。

孟家是一幢独立的别墅，两层，因为设计的缘故，屋顶有一块平坦的露台，墙边有台阶可以爬上去。孟哲冬选的放烟花的地方就是楼顶的露台，紧挨着斜斜的阁楼顶。

夏天的话，露台会被布置上沙发绿植桌儿，夜晚会上来乘凉。冬天这些东西都被撤下去，角落的几盆花也畏寒枯败。

孟哲冬拒绝江京雨的帮忙，独自在露台上走来走去，只见他摆弄着一块块的砖头固定着仙女棒。漆黑的夜色下，江京雨站在不远处，歪着脑袋在打量他摆的形状是什么。

"我开手电筒帮你照着点儿吧。"

"不用，已经可以了。"孟哲冬将最后一根仙女棒插好。

"小说里男生准备惊喜，不都是偷偷的，现场弄好了才将女生领了去，你倒好，当着女生的面现摆，少了一些美感。"

"有美感的是故事，生活要的是真实。"孟哲冬文绉绉，"再说了，不让你看着点儿，你怎么知道这个东西摆起来有多不容易啊。"

"我看着挺容易的啊。"

"哪里容易。"孟哲冬邀功似的搓搓手，"大冷天的，要冻死了。做了什么就要说出来，这样才有做的意义啊。"他拿着打火机半蹲在地上，弓着腰扭头示意，"我点了。"

"点吧。"江京雨缩了下脖子，将围巾披严实些，也不知道孟哲冬是怎么摆的，像是塔罗牌似的，点燃了一个，相邻的接连燃起来，像是在用笔写字，笔画流畅地往下走，"你这是写了个什么字？"她的目光随着燃烧的火焰移动，"又……"

在火焰停止完前，孟哲冬又点燃了右边那个字的左上方。

江京雨被孟哲冬这故意卖关子的样子弄得想笑，侧侧头，见他正一脸得意地站在旁边，甩着火机玩。察觉到她的目光，他头也不回地说："别看我啊，看字。"

另一半很快点燃完成，是个"欠"字。

"欢啊。"江京雨笑。

孟哲冬挑眉："欢乐的欢。"

江京雨盯着燃烧的火光，抿唇。只听孟哲冬语气突然正经："希望你能够天天开心，人生嘛，不就是关关难过关关过，谁能十全十美啊，有希望肯定就会有失望。"

"我知道。"江京雨淡淡地应着。

孟哲冬又说:"你不开心了也不用假装,我家就是你家,在自己家里就要放松。可能是老天爷看到,你没有享受到完整的亲情,所以特意让我守护在你的身边陪伴你,保护你。你看,你也不差嘛!"

突然的煽情,让两人都有些沉默。

江京雨浅笑着扭头看孟哲冬,孟哲冬被看得心虚,故作轻松地指着地上的仙女棒嘚瑟炫耀:"我厉不厉害!一次成功,没有垮台。"

江京雨捧场:"厉害。"

被夸的孟哲冬一脸遗憾地惋惜:"本来是打算摆个英文的,起始点太多了,麻烦。写两个字开心吧,也不太好燃。想了半天,就这个还比较应景。"

江京雨还在想应什么景呢,就听他又问:"怎么样,现在心情好点了吗?"

这是在安慰她啊。

江京雨受宠若惊:"谢谢,开心了很多。"

两人站在风中,身形萧瑟,说了几句话的工夫,仙女棒就已经烧完了。

孟哲冬冻得鼻子通红,晃了晃肩膀,说:"下去吧,冻死了。"

"走吧。"江京雨难得没有怼他,从台阶上下去时,下意识回头看了眼露天的地面,一片漆黑,但在她心里,那片光仍然在。

"回味呢。"孟哲冬嘲她。

江京雨不甘示弱："我在想，你为什么不用连笔字，这样点起来更容易。"

"等会儿你回去给我写写看，'欢'要怎么连才好看。"孟哲冬吐槽，"你以为我没试过？"

回到室内，江京雨如约给他写了个连笔字的"欢"，然后一本正经地给他讲："自己笨就承认吧，你看如果这个，这个'又'的最后一笔，和这个碰到……"

她认真在演示，孟哲冬心里叫苦："行了行了，你别讲了，我承认你聪明了。"

年初五，孟父孟母回了学校。

江京雨和孟哲冬打打闹闹，心血来潮去了趟哈尔滨看雪。

在家里过完正月十五，孟哲冬准备开学，江京雨准备去北京。

正月十六一早，孟哲冬送江京雨去机场，临分别时，张开胳膊冲她示意："抱抱。"

"不就小半年嘛，我又不是不回来了。"江京雨忙着检查证件和登机牌有没有收好，没有看到孟哲冬嘟着嘴失落的表情。

他嘀咕："白浪费我送你的感情了。"

都在包里没乱放地方。江京雨无奈地笑，伸手抓了下孟哲冬的前衣襟，把人往跟前拽了下，伸手环住他："孟哲冬大朋友，姐姐不在身边的时候，要照顾好自己啊，乖乖吃饭，乖乖睡觉，乖乖学习。"

江京雨很快撒手，最后补充："不要乱花钱。"

"知道。"孟哲冬回味着胸膛的温度以及发丝间淡淡的洗发露味道，"一个人在外面照顾好自己，有什么事，给我打电话。"

"隔着近两千公里呢，打电话给你飞过去也得两三个小时。"

孟哲冬正经地说："我和北京的朋友说了，到时候你们找时间碰个面，有问题找他。"

"放心吧，我一个人没问题的。"

孟哲冬看看登机时间，又看看当下时间，皱眉："不早不晚的，正好跨了中午饭，飞机餐肯定不好吃，一会儿下飞机，先去吃点儿东西，平时忙的时候也一样，别饿着肚子。"

"知道了，怎么和老妈子似的。我妈知道我要去北京，也没叮嘱我这么多。"

孟哲冬说："你爸妈从小就没怎么管你好嘛。"

一句话戳到江京雨的伤心事，看着她渐渐变化的脸色，孟哲冬故意岔开话题："我从小又当哥又当爹，给你操的心还少吗！"

"是，你最厉害。"江京雨冲他摆摆手，"不说了，我过安检。"

"拜拜。"

飞机在首都机场落地时，下午两点钟。

江京雨取了行李从出站口出来，远远就看到一张白色纸牌上，用红绿两个颜色涂出来的大大的三个字"江京雨"。举牌子的高个子裹着件黑色到脚踝的羽绒服，脑袋上严严实实地围着帽子毛巾，只露两个眼睛在外面。

江京雨四处望望，怀疑这个裹成粽子似的人是否是真正的接机人。

江京雨犹豫着在他跟前逛了三趟，终于冲那双帽檐与口罩中央的眼睛招招手。

那人动了下，指指白板上的名字，又看看江京雨。

"你好。"

那人扒拉下口罩，勉强让自己放松些，声音闷闷地穿出来，是个男声："你好。"

坐到车上，对方才一层层地将身上的全副武装去除，是个俊俏的男人。

"抱歉，北京的天太冷了，呼出的热气瞬间能化水，让你见笑了。"帽子、围巾、口罩、羽绒服全部扔到后座上，男人彬彬有礼地冲江京雨笑了下，伸出手自我介绍，"你好，我姓靳，叫靳钧沅。"

"你好，靳先生。"江京雨被他形容得觉得只穿了条薄打底的双腿有些冷。

靳钧沉自来熟，两三句简单地了解后说话口吻便变成了老朋友，倒显得江京雨有些生分了。

"北方人性子直，你处处就知道了。你这个点坐飞机来，还没吃饭吧，我先带你去吃点儿东西，然后送你去酒店，下午你简单收拾一下，我带你去公司参观一下。"

江京雨礼貌地面带微笑："不用麻烦你了，你告诉我酒店和公司的地址，我吃完饭自己过去就可以了。辛苦你来接机，已经不好意思了。"

"哪有那么多不好意思，你和我甭客气。"靳钧沉打着方向盘热情地活跃气氛，普通话中混着浓浓的北京腔，"再说了，接待你，也是我这段时间的工作，你不想我被扣薪水的话，就让我照行程走吧。"

江京雨开了机，给孟哲冬发消息报平安，那边电话直接打过来。

"喂。"她开口。

"飞机有点晚点啊。"

江京雨："已经在去吃饭的路上了。"

孟哲冬继续发挥老妈子的特质："搭的出租车吗，上车前记得拍一下车牌号发给我。"

江京雨无奈道："公司有同事过来接，你不用担心。"

孟哲冬八卦道："男同事还是女同事啊？"

江京雨说："男的。"

孟哲冬又问："帅吗？"

江京雨默默地翻了个白眼，说："帅，比你帅多了。"

孟哲冬因为自尊心受伤陷入短暂的沉默，紧跟着便正经地说："一般长得很帅的都花心，你最好离他远点儿……"

还没等孟哲冬说完，江京雨就不耐烦地打断他："行了，我就是给你报个平安，挂了。等晚上再联系。"

如果不是碍于旁边有人，江京雨肯定已经不服气地和孟哲冬怼起来了。

靳钩沉见她挂电话，轻松道："离家这么远工作，男朋友唠叨一点也是正常。"

江京雨不好意思地冲靳钩沉笑了笑，默认。有时候出门在外，孟哲冬还是有点用处的，挡去一些不必要的桃花，反正人在千里之外，对北京发生的事情也不知道。

两人吃过饭，靳钩沉送江京雨回酒店放行李，临下车前，拿出手机互相扫微信："这边不让停车，我在旁边兜一圈，一会儿你下来，给我发消息。"

江京雨应着，狐疑地看着二维码扫出来的结果，嘴角抽了抽。

靳钩沉察觉出她的异常，不解的视线扫过来。

江京雨悻悻地将手机屏幕抬高些，给他看，苦笑："已经是好友关系了。"

"是吗？"靳钩沉一脸茫然，在江京雨的手机上点了两下，给自己发过来个句号。

江京雨看屏幕中弹出来的消息，备注是"女英雄"。

当初在知乎上的通宵大战，两个人已经打过交道了。反应过来的江京雨嗤笑："好巧。"

"是挺巧的。"

Chapter seven
他的小秘密

三个月后，阳光明媚，惠风和畅。

　　孟哲冬穿着学士服，站在明晃晃的太阳下被室友逼着一起凹各式各样的搞怪造型，肆意的、张扬的、奔放的、无拘无束的，全部都在这一瞬间，定格、静止、变成回忆。

　　从今天起，从象牙塔走向社会。

　　从今天起，少年成长为青年。

　　从今天起，人生将会更精彩。

江京雨的航班在沙市落地时，已经是下午。随着人流出来，街道上人来人往，川流不息，她抬头望望湛蓝深远的天际，心情万般地期待又忐忑。这一天，终了来了。

公司从选址到装修再到员工招聘，不管大事小事江京雨都没有插手，她专注在北京学习，孟哲冬将这边的事情打点得很好。

就连公司第一本作的重点书目，孟哲冬也已经约好了作者。

江京雨从机场出来，直奔约定的咖啡厅。因为有一些关于书籍设计的细节需要她与书籍创作者当面交流沟通。江京雨一结束北京那边的交接便马不停蹄地赶回来，而作者因为出差的缘故，双方商量过后时间定在了这个空当。

江京雨拖着行李箱从出租车上下来，冲着咖啡厅的玻璃门奔过来，推门时顺便照了下镜面，整理了下头发。

旁边穿一身素色长裙的女人也刚巧要往里走，江京雨停顿在门口的时间有些久，抱歉地扭头笑笑："你先进。"

"没关系。"

江京雨提起行李箱走上台阶，四处望着，拨电话找人。

之前的事情都是孟哲冬在联系，江京雨连对方的长相都不知道，也忘记提前要张照片辨认，好在有电话。

铃声在背后响起，方才门口被她挡路的女人拿出手机。

"喂。"

"谢老师？"江京雨举着手机的胳膊垂下来，诧异地看向背后。

后者也明白过来什么情况，默契地笑了笑："你好。"

两人对面坐好，做了简单的自我介绍。

谢清欢是历史学家，主研究西安文化，这次的书籍做的也是这一块。不过她的外表看起来并非严谨考究的学者模样，素裙长发，干净清爽，一颦一笑尽是温婉。

"谢老师和我想象中不太一样，看起来要年轻很多。"江京雨笑了笑。两人同龄的话，很多事情沟通起来更加方便，在审美方面，有着大概持平的水准。

"不少人这样说。"江京雨给谢清欢的印象倒是偏干练一点，风风火火雷厉风行，拖着行李箱过来见面，敬业的态度让人感到安心，"你叫我清欢吧，其实我们两个的年纪应该差不多，我属鸡的，三月生日。"

"巧了，我也属鸡，十一月。"

简单了解后，江京雨拿出笔记本开始记录谢清欢期望的书籍细节。

"书籍设计成什么样，我不太懂，也插不上话，你放手做，你可以放心。内容上，可以的话我想能够有对照的英文，这本书，如果能给西安文化带来海外国际的宣传，再好不过。"

"英文翻译，这个容易。"江京雨记录关键词，"译者的人选，我们会留意联系。"

谢清欢放在膝盖上的双手交叠："翻译的人选，我有一个推荐。"

江京雨爽快地应声．"那再好不过了。"

简单沟通后，江京雨送谢清欢去坐高铁。

回去的途中，江京雨拨通了孟哲冬的电话，那头乱糟糟的，摄影师扯着嗓子让他们摆动作拍照片。

"喂。"

"你那边还没结束吗？"江京雨看了眼路边的风景，估算还有多长时间到家。

孟哲冬被太阳晒得口干舌燥："马上了，最后一个场景了。你到了吗？"

"刚才已经去过咖啡厅了。"江京雨说，"你怎么没告诉我对方那么年轻呢。我特意从北京带来的茶饼，本来想着当礼物的，但一见面我看对方的年纪，就没拿出来。问了下，和我一年的，像我们这种年轻人，没几个喝茶的吧。"

"这也说不准啊，就比如我，现在每天必看《新闻联播》，你总不能说我现在是大爷年纪吧。"

"是是是，你有理你说什么都对。"江京雨又问，"你怎么想到联系她的？"

"朋友的朋友推荐的。"孟哲冬猜到江京雨在担心什么，"别看她年轻，其实在学术方面的研究并不少。而且年轻、美女、历史学家，这几个词放出来就是噱头，我们公司初来乍到，如果真让去挖大佬级别的研究者，他们都有固定的合作公司，与我们合作不是那么容易。"

江京雨琢磨了他的话，觉得有理："作者说有一位推荐的译者，我下午去联系一下。"

"是吗？"孟哲冬好奇，"叫什么名字？"

江京雨从包的夹层里抽出名片，看了眼。她才注意到名字下方的小字，诧异："她不是给错名片了吧，怎么这个职位介绍是房屋中介。"

孟哲冬问："叫什么名字？"

"任长安。"江京雨喃喃，"高铁上有信号吧，我给她打个电话确认一下，这个名片八成是不小心给错了。"

孟哲冬在电话那头嗤笑，江京雨莫名其妙。只听他笃定道："没有给错名片，你专心做设计，译者的事情我来联系吧。"

"什么意思？"江京雨犯迷糊。

孟哲冬耐心解释："你刚才不是问我怎么联系上谢清欢的吗？就是通过这个任长安……"

"所以你的意思就是你租公司的时候找朋友介绍的中介认识的任长安，然后他知道我们做出版后给你推荐了谢清欢？"江京雨捋逻辑关系，"谢清欢在答应我们的合作后，提出需要一个翻译，又推荐了任长安。"

"对。"

江京雨犯迷糊："可我们为什么要用一个房屋中介人员做翻译呢？"

孟哲冬被催促去拍最后一张合照，没有时间解释："等你见到任长安就知道了。"

"那挂了，你拍毕业照吧，奔波了一天，要累死了。"江京雨有气无力地说，"一会儿你忙完，买点儿吃的过来慰问一下我吧，我特别想吃那家酱猪蹄了。"

孟哲冬争分夺秒地讲电话："你现在到家了？"

"刚坐上出租车，回家的路上。"

"行吧，那你回去休息，别睡死了，一会儿我敲门都听不见。"

江京雨保证："放心。"

"不说了，挂了。"

"拜拜。"

孟哲冬在被摄影师第三次点名后，终于挂了电话。他跟随着大部队的动作，看向摄影师的镜头。

阳光明媚，微风不燥，时光正好，他突然间好想她。一个以前天天能见到的人，分别三月有余，有些落寞与不习惯。害怕她在异地受委屈，害怕她在异地没有朋友，害怕她在异地感到疲惫与孤独。孟哲冬觉着自己这三个月像是老妈子似的，担心这个担心那个，害怕她吃不饱又害怕她吃撑了，害怕她冻着又害怕她热到。

虽然天天有电话联络，听她聊聊生活的近况，但不能够近距离地在她身边，总觉着是不放心的。

想见她，真的挺想的。

出租车到了小区外停下，江京雨拖着行李箱往家走。离家三个月，虽然已经适应了孤独，但是如今站在自己熟悉的城市，熟悉的环境，走在熟悉的街道，听着熟悉的口音，心中觉得无比踏实与安稳。

她回来了，这里才是她的家。

她在楼下的便利店，买了几瓶水和简单的吃的，然后打包了一份螺蛳粉回家。

值班的物业小姐姐见到江京雨，熟稔地打招呼，江京雨觉得心里无比温暖。

这三个月，她真的好想好想这里的一切啊。

还有孟哲冬，她也很想。

有时候只有分开了，才能意识到彼此的重要。遇到麻烦了，或者开心了，她已经习惯第一时间与孟哲冬分享，被他嘲讽几句，被他冷笑几句，以前不以为意，等回忆起才意识到珍贵。

江京雨前脚刚进家门，蹲在玄关旁换鞋子，门就被敲响。

门拉开，孟哲冬站在外面，手里晃着两个塑料袋，浓郁的猪蹄酱料味道飘散。

"我拍完毕业照就过来了，路上还在想你没到家我不是扑个空，看来路上挺快。给你买的猪蹄和酱板鱼。"

"你挺快啊。"江京雨抬抬右脚，示意，"喏，刚到，鞋子还没换。"

江京雨趿拉着拖鞋，拖着行李箱往客厅里走，站在客厅里四处望望一叉腰，高呼："我终于回家了！太想念了！"

"你吃点儿东西休息一下吧，晚点把家里收拾收拾。三个月不住，尘土都落了老厚一层。"孟哲冬说着，顺手将沙发上的遮尘布掀开，也不知道是真的呛到了，还是装的，有模有样地咳嗽起来。

江京雨习惯性怼他："你慢点儿抖。"

孟哲冬将遮尘布团起来，放到一旁，将吃的放到茶儿上。

"没想到你这么快过来，我刚才在楼下买了一份螺蛳粉。"江京雨将打包碗推到孟哲冬跟前，顺手将猪蹄的袋子钩过来，"我吃你买的，你把面吃了吧。"

孟哲冬没有反驳，轻车熟路地去厨房拿筷子。

"你这段时间学习，感觉怎么样，能独当一面了吗？"他一边吃面，一边问她，"这次单独设计，有压力吗？"

"应该没问题。"江京雨盘腿坐在地板上，垫着一块榻榻米。"感觉谢清欢还挺好说话的，合作者好沟通的话，任务难度就减轻了一半。"

孟哲冬看着她袖口上的流苏快要蘸到酱料，顺手给她往上扯了扯。习以为常的小动作，足以见得他的细心。但江京雨并没有细心地注意到，或者说，两个人普遍的相处模式让江京雨并没有觉得有什么不妥。

孟哲冬看着她手腕上戴着的又松了一圈的银镯，下意识地说："我怎么感觉你瘦了呢？"

"是吗？"一听到自己瘦了，江京雨眼睛亮亮的，终于从美食中分出些精力来，走到阳台上的电子秤上一站，称了下，惊喜，"真的瘦了……六斤哎！"

坐回到茶几旁时，江京雨兴奋得几乎是跳着的。

孟哲冬扫了她一眼，吐槽："瘦了有这么开心吗？"

"当然！"江京雨挑眉，"穿衣服好看啊。等我吃完饭休息会儿，下午逛街去，这三个月忙得我连衣服都来不及搭配，简直毫无形象可言。"

为了帮她把瘦掉的六斤肉补回来，孟哲冬在傍晚提议要去吃烤肉："我请客，任长安也来，你不是想见见他嘛，正好。"

"晚上不太想吃烤肉，腻。"

孟哲冬曲线救国："那你就吃点儿青菜。"

"行吧，工作为主。"江京雨想了想，还是放弃了找黎落逛街的事情。

去之前，孟哲冬给她做心理建设："特别帅，你待会儿注意一点，别犯花痴。"

"我像那种人吗？"江京雨无奈地翻白眼。

孟哲冬笑了笑："人的潜力是被逼出来的。"

江京雨对任长安的长相产生了好奇。见到本人后，却一点也没有失望，江京雨以为自己已经算见过世面的，但……任长安屈身做房屋中介应该是屈才了，或许应该去混混娱乐圈。

相处下来江京雨发现，任长安不但人长得不错，言行举止也相当有品位内涵。

"书稿的翻译下周就能给你。"任长安说。

江京雨看看孟哲冬，有些吃惊："我才给你，你用一周的时间就能翻译完？"

"熬几次夜。"

"其实也不着急，你月底翻译完就好。"

任长安误会："翻译完我会检查，能保证质量。"

江京雨想解释，孟哲冬先一步打断她："长安不喜欢拖延，有工作就处理。"

"挺好的。"

不难看出来，任长安话很少，你问什么他答什么，直截了当，不会委蛇圆滑，不去人情世故。江京雨与孟哲冬说话的工夫，任长安就坐在那儿专注地烤肉。

孟哲冬有一搭没一搭地和他聊聊球赛，江京雨时不时地也能插几句。

吃完饭，两拨人告别。

江京雨埋怨孟哲冬："早知道约一个吃饭时间短一点的地方了，我看他一直不说话，多尴尬啊。"

"本来也就没什么大事，就是带你认认脸，也没必要坐下来聊，他本来话就少，要是去咖啡厅坐不了两分钟就走，那更尴尬。"

江京雨无奈地别开眼，不知在思索什么："任长安，长安，这名字一听就特别有文化。这两个人有意思啊，他帮她，她又帮他，两个人谁都不想让对方知道。你说这两个人……"

话还没说完，一偏头，孟哲冬正蹲在江边停下来。

"你看什么呢？"江京雨好奇地凑过去。

孟哲冬指指地上，说："草丛里有一只猫。"

她顺着他指的方向看过去，岸边半高的杂草上，躺着只奄奄一息的猫。细长的草茎摇摇晃晃，幼猫扑腾了两下，不但没有爬上来反而更往下滑。

孟哲冬跪在岸边，往前探身子将猫捞上来。

受到惊吓的猫咪浑身颤抖，不停地打哆嗦。

"是没人要的吗？"江京雨用纸巾清理着猫咪身上脏兮兮的淤泥，惊喜道，"正巧放到公司。"

两人带幼猫去宠物医院做清洗、打针，留在了公司当团宠。路上，孟哲冬给江京雨说起任长安和谢清欢的事情来。原来，两人学生时代相识，多年前因误会分开，再遇心中仍是惦记。孟哲冬说："具体怎么着，任长安也没和我说，反正你就装不知道，在谢清欢面前不要说漏嘴。现在这时候，两人为对方付出得越多，在一起的可能性就越大，更何况这两个人心中都放着彼此呢。"

"真浪漫。破镜重圆，就和小说里写的似的。"江京雨唏嘘。

"现实永远比小说精彩。"孟哲冬捋着猫脖子顺毛，"如果这次能把两个人撮合起来，咱公司可以发展副业，给人做媒。"

孟哲冬抱着颤抖的猫咪，给它顺毛，想起了任长安与谢清欢。人在听到别人的感情，然后对比自己，总时常激发出一种荷尔蒙的冲动来，在一起与不在一起，不就是一个瞬间的决定吗。

有意思，没意思。

有感觉，没感觉。

孟哲冬拿不准江京雨的心思，但是对于自己的感情，却是越来越确定。

只是两个人间的距离，孟哲冬迟迟不敢跨近。

他好想问一问，这几个月你有没有想我。

江京雨不察他的出神，自顾自地说着玩笑话："这样挺吉利的，可以打一个标语，信惊蛰，能脱单。"

"惊蛰文化"就是两人商量后给公司取的名字，从两人名字中各抠了一个字。

公司在香江边，走两分钟就能看到江边，在高楼林立的写字楼间并不起眼，不过在装修上孟哲冬花了不少心思。清新而又不失静雅，低调而又不失考究。公司刚起步，规模不大，加上两个老板在内，里外一共二十个人。

老板是江京雨，孟哲冬退居二线，甘心做副总。

大家简单地认识后，公司组织了第一次"团建"。

人均三位数的自助餐厅里，占了两排桌子。

江京雨很开心，初来乍到走了创业这条路，她倒了两杯酒，递给孟哲冬，难得煽情："谢谢你。"

"谢我做什么，你也努力了。"

两人碰了下杯子，喝空了杯中酒水。江京雨拿过酒瓶还要再倒，孟哲冬先一步将她的酒杯抽过来，搁到一旁："你少喝点儿。"

"我酒量又不差。"江京雨作势凑过去要拿杯子。

孟哲冬护着不给她，从桌子上捞过一瓶橙汁拧开，倒了满杯："不是怕你喝多，是我怕待会儿咱俩都喝多了，回家还得麻烦别人送。男人吃饭，必须得有酒，还不能少喝，八成今晚这顿饭我不能醒着回家，散伙后送我回家这个重任可就放在你身上了。"

刚尝了点儿酒腥，被勾了瘾，江京雨哪能同意："待会儿我也得敬酒，少不了要喝。"

"你就说身体不舒服。"孟哲冬瞎出主意，冲她挤挤眼，"女生每个月不是总有那么几天不能吃凉吧，你要把握机会行使一下你的特权。体育课能行使特权，酒桌上也能行使特权，做女生真的幸福啊。"孟哲冬嘀嘀咕咕地说着，将橙汁推到她这边，自个儿倒了一杯酒，润嗓子。

肚子填了个半饱，陆续就有人过来敬酒。江京雨用身体不舒服这个理由推了几杯，她端起充数的果汁也被孟哲冬抢了去美其名曰做戏做全套果汁是凉的。

最后，滴酒未沾的江京雨捧着个玻璃杯喝温水。

公司里两个人是老板，也没有谁敢说什么，不过在背后，大家暧昧而打趣地看着两人亲昵偏护的小举动，分分钟脑补出十万字的言情小说。

孟哲冬袖子挽到小臂，解开两颗领口扣子，端着酒杯四处敬酒，对同事间的小八卦充耳不闻。起初江京雨还主动澄清，可随即她发现，事情越描越黑。反正男未婚女未嫁，就让他们讨论讨论，也没有什么不好的地方。

孟哲冬被品运部的几个同事撺掇着，端着酒杯过来给江京雨敬酒。

江京雨瞧着他泛红的两颊，又想笑又担心："怎么喝这么多，这杯悠着点儿。"她抬手就把孟哲冬递到嘴边豪饮的酒杯夺下来，转手给他用干净的杯子倒了一杯清水，给他，"喝这个。"

孟哲冬板着一张脸没动，两个眼珠子斗鸡眼似的愣在那儿，直勾勾地紧盯着她。

江京雨叹气："白的，喝吧。"

孟哲冬瞬间欢喜，两只手伸出来，捧住那酒杯，一口喝空。

江京雨正抻着脖子警告那些男人不要乱灌酒，大伙看热闹地起哄："江总这是心疼了啊！"

心疼个鬼。江京雨心里翻了个白眼，嘟囔着吐槽："我是嫌送一个醉鬼回家，太麻烦。"

"是是是。"

"麻烦麻烦。"

大伙嬉皮笑脸地顺着她的话说，却半点儿不相信。

江京雨深感无奈，考虑怎么着才能让这个酒量不行酒品差还不知道好歹非要喝酒的人冷静清醒一点呢。正想着，还没思索出所以然来，只觉得脖颈突然一凉，她下意识侧头去看，正对上孟哲冬放大几倍的脑袋。

"你干吗凑我这么近，吓我一跳。"

醉酒的孟哲冬倏地一笑，竟然还有些可爱，只听他委屈巴巴地说："你骗我。"

江京雨被他这新发掘出来的软萌人格一惊，磕绊得说话时差点咬到舌头："我哪里骗你了？"

"你就是骗我！"他不乐意地噘着嘴，两个腮帮子鼓鼓的，气呼呼地一偏脑袋自个儿生闷气，"你给我的是白水。"

原来是这个，还没醉得太厉害啊，还能分清白酒和白水。江京雨轻咳了下，脸色一敛，佯装正经地糊弄他："是白酒。"

"就是白水。"

"白酒。"

"白水！"孟哲冬板着一张脸，竟然生气了。

江京雨哭笑不得，顺着他的话说："对对对，是白水。"

孟哲冬就像非要与她对着干似的，也跟着抬高了声音："不！

是白酒！"

江京雨憋笑："你自个儿说的，是白酒。"

"哦。"孟哲冬垂着脑袋，眼睛一眨一眨的，刚才说话太快了，脑袋有些晕，他得安静一会儿。

江京雨又招呼服务生，弄了一杯解酒的蜂蜜水。再回头，就见孟哲冬正一脸娇羞地拽着自己的衣角，像小孩子似的胳膊晃啊晃，江京雨实在受不了这个人格分裂。

"还想喝酒？"

孟哲冬脑袋摇得像是拨浪鼓，水汪汪的眼睛看着她："想去厕所。"

"去吧。"江京雨指了指厕所的方向。

孟哲冬不撒手："你陪我去。"

江京雨板着一张脸，等在卫生间外的走廊处。想到孟哲冬提着裤子进去前一脸真诚地特意叮嘱她"你不要提前走"的样子，她就不自觉地打了个哆嗦。

醉酒的孟哲冬到底是什么属性啊，真应该给他录下来，让他第二天好好欣赏一下自己的蠢萌模样。

有同事经过，热情地和江京雨打招呼。

江京雨苦笑着挥手告别，说自己还在等人。

　　孟哲冬终于出来了，额头湿漉漉的，像是洗了把脸没擦干。江京雨毫不犹豫地拉过他的胳膊，催促道："走吧，这里味儿挺重的。"

　　"等会儿。"孟哲冬手冰冰的，反手抓住江京雨的手腕，把人往后一推。

　　江京雨靠在墙上，不解地抬头望望他。

　　孟哲冬皱着眉头，捏两下鼻梁，醒了些酒，更紧张了，索性闭上了眼睛，继续皱眉头揉鼻子，胳膊无力地撑在墙壁上，声音闷闷的，显得没有精神："等我缓缓，刚才起猛了，有点晕。"

　　被如此奇葩地"壁咚"了，又听到如此滑稽的理由，江京雨真不知道该笑还是该憋着。

　　过了会儿，孟哲冬还不动。

　　江京雨推推他的肩膀，喊人："喂，走了，回家了，孟哲冬。"

　　孟哲冬眼睛不睁，身体朝着江京雨一倒，脑袋卡在她的肩膀上，半身的重量压在她的身上："我看不清道了，你扶着我。"

　　卫生间外来来往往的客人，江京雨不想再被当热闹看，索性就顺着孟哲冬的意思，艰难地扶着他，亦步亦趋地往外面走。

　　酒足饭饱，桌上只剩残羹冷炙。员工和两位老板打过招呼后，便陆续离开了。江京雨苦笑着，在助理的帮助下，将孟哲冬塞进了出租车的后车厢。

江京雨胳膊扶在车顶，喘着粗气，摆手冲助理姑娘说谢谢。

小姑娘笑起来眼睛弯弯，很活泼开朗："那江总我先走了，你路上小心。"

"早点休息。"江京雨说。

助理姑娘爽快地应着，临走前突然拧过身子凑到江京雨身边，神秘兮兮地八卦："江总，我刚刚在卫生间外面的走廊上看到孟总将你按在墙上亲，你们俩是不是……"

"没有的事。"江京雨干脆利落地打断她，澄清，"你看错了，当时孟总喝醉了酒，站不稳，我借他肩膀靠一会儿，我和你们孟总，是发小。"说着，她戳戳出租车后玻璃，坦荡磊落，"就他这熊样儿，我才不会喜欢呢，我要喜欢的人，不说至尊宝，但也应该够帅够有魅力。孟哲冬，不行，差太多了。"

助理姑娘捂着嘴巴，被她逗得咯咯笑："青梅竹马啊，真好。"

"一点也不好，无赖又难缠，你说要是我哥欺负我我还能告状，要是我弟不老实，我还能动手打他，但是像孟哲冬这样的，我告状也没人理，我打他又打不过，真的是憋屈死个人了。"

"这就是传说中的相爱相杀啊。"

江京雨呵呵笑。

助理姑娘八卦够了，支着脑袋一脸好奇地问："男女之间真的有纯洁的友谊吗？"

这个问题倒是把江京雨问住了。说有吧，江京雨其实自个儿都不太相信；但要是说没有，那自己和孟哲冬这种关系算什么，亲情吗，这个定义词太冠冕堂皇了。

久等的出租车司机师傅看着路边牙子上站着的俩姑娘聊起天来没完没了，忍不住催促。

沉思的江京雨猛回神，连忙应声说马上就走。

她看向旁边，给了个模棱两可的答复："哪有什么纯洁的友谊，不过是一个打死不说，一个装傻到底。"

出租车穿梭在川流不息的车海中，城市夜晚霓虹闪烁璀璨夺目，嚣张而放纵的夜生活才刚刚开始。江京雨坐车内，看着车窗外变幻莫测的灯光，琉璃斑驳，时光穿梭。

出租车司机为方才打扰催促感到抱歉，热络地同江京雨攀谈起来，未注意到她眼里的心不在焉。

助理随口的问题让江京雨有些走神，她想起了以前的很多事情。

江京雨与孟哲冬之间，真的有纯洁的友谊吗？至少当初不纯洁过。

那时候读大学，正是情窦初开的年纪，宿舍姑娘纷纷脱单后，只有江京雨一人孤零零单着，几个感情甜蜜的姑娘凑在一起，给江京雨的爱情之路出谋划策。

第一步得先有一个中意的对象。

放眼江京雨身边能够合得来的男生，在外人眼中温润俊朗、优异清秀的孟哲冬成了男友的最佳人选。江京雨本来对孟哲冬，从未生出过男女感情的非分之想，但那段时间，在宿舍姑娘的撺掇加煽动之下，江京雨被赶鸭子上架，在一个春光明媚的傍晚，出现在孟哲冬面前，表白。

那可是表白哎！

虽然江京雨浑身上下都是舍友精心打扮过的成果，就连出门前还被宿舍长拉到盥洗台前刷了遍牙。可终究表白这个高难度的事儿，安排在情场初出茅庐的稚嫩丫头身上，多少有些胆怯。

宿舍姑娘扒着餐厅的门框，看准孟哲冬的位置后，将江京雨准确无误地推到他的面前。

孟哲冬当时正在喝学校餐厅的排骨汤，喋喋不休地吐槽着后厨大叔撒盐像是不要钱以及窗口大妈打菜就像舀金子，然后闻到一股奇异的香味。他抬头，看到江京雨一身淑女粉裙小高跟鞋紧张兮兮地站在跟前，他只觉得场面搞笑，压根儿就没过脑子地开始挖苦："今年的新生欢迎晚会你要上台当主持人吗？"

江京雨翻了个白眼，就差抬手一巴掌扇到孟哲冬的脑门上。

宿舍姑娘站在不远处，不断地提醒她："快表白快表白啊——"

声音不高不低，不仅江京雨听到了，就连孟哲冬也听了个一清二楚。

像是发现了新鲜事似的，孟哲冬一脸惊悚地看着她，然后再看看坐在他对面正在咬着排骨的那位同学，惊呼道："江京雨，你喜欢他啊！"

当时江京雨脑袋一个短路，心想，就这样吧。

就算丢人也不能在孟哲冬跟前丢，表白谁不一样呢，反正都是男的。更何况人家是校草，比你孟哲冬帅比你孟哲冬有才华比你孟哲冬更招女孩子喜欢。

江京雨咬碎牙往肚子里咽，顿顿地点头，承认："对。"然后转身，冲那校草，"你好，我关注你很久了，可以认识一下吗？"

"噗！"话音刚落，孟哲冬就不受控制地破功笑出声，他看向江京雨，不客气地拆穿，"江京雨，你目的不纯啊。人家都知道你是要表白了，你却在这儿轻描淡写地说只做朋友。"

江京雨黑着一张脸，抬脚在桌子下面朝孟哲冬小腿踢过去。

被踢痛的孟哲冬抱着小腿嗷嗷直叫。

江京雨脸已经红得像西红柿，恨不得自己挖条地缝钻进去。

最终在江京雨和校草认识后的第三天，校草对江京雨发了好人卡，理由是："你的性格，更适合做朋友，不适合做恋人。"

孟哲冬对这番说辞解读："你蠢啊，他是说你不像女孩子，他只想和你做兄弟啊。"孟哲冬大力地一揽她的肩膀，晃了晃，强调，

"兄弟，懂不懂，就咱这样，做好兄弟。"

受挫失落的江京雨红着一双眼，求证："孟哲冬，你也觉得我不像女孩子吗？"

"做什么女孩子，做男生不好吗，自由自在、随性张扬。"孟哲冬说着十分惬意地一甩头发，自以为帅得惨绝人寰。

原来你也是这样看我的啊。

那天后，江京雨将自己藏在宿舍，难受了三天。

最初江京雨也不觉得自己喜欢孟哲冬，在舍友的添油加醋之下，确实让两人之间的感情变了味道。可能是喜欢的吧，要不，为什么当校草说她不像女生时反应平平，而当孟哲冬对她发出这样的评价时心里却是无尽的失望与酸楚……

出租车停下时，孟哲冬也醒了："到了？"

江京雨回头看他，示意他在路边等一会儿："我去对面药店给你买点儿醒酒药。"

"我没喝多少。"孟哲冬说着话的工夫，脚底打了个转，原地跳了两个秧歌的步子，"就是头有点晕。"

江京雨忙上前，扶他。

她连拖带拽地把他弄进了电梯。

江京雨问孟哲冬要电梯卡，孟哲冬双手伸平，示意江京雨自己找。

"要不是看在你帮我挡酒的份上，我非要把你扔到楼底不管。"江京雨摸摸索索地在他的右边裤子口袋里抽出电梯卡。

江京雨刷卡按楼层，站在她后方、直靠在墙上的孟哲冬突然身体前倾，结实地扑向她的后背，两条胳膊往前一圈，将她抱了个满怀。

"你要撞死我算了。"江京雨吃痛地揉揉被他下巴磕到的头顶，不耐烦地吐槽。只听脑袋上面传来醉酒男人闷闷的声音："你不能喝酒！"

"什么？"江京雨没听清。

孟哲冬嘟嘟囔囔地重复："你不能喝酒！凉的！橙汁也不能喝！也是凉的！"

江京雨哭笑不得，转过身去面向他费力地拨着他的胳膊将人推开："你的手还是凉的呢！"

"我的手？"孟哲冬抬高了一条胳膊，抬起手凑到眼前认真瞅了瞅，又放在自己脸上好像是在试温度，自言自语地得出结论，"不凉啊。"

江京雨趁他松了一条胳膊的空当，从他的束缚里逃开，准备将他扶稳靠墙站好。

谁知道孟哲冬招呼也不打突然将胳膊放下来，朝着江京雨的后领口伸过去，还振振有词地解释："不信你试试，我的手不凉啊。"

"孟哲冬你要死啊，手往哪里伸！"江京雨咆哮着，反抗不过只能被孟哲冬箍得越来越紧。

孟哲冬抱着她，左手覆在她纤细的腰肢上，捂得发烫，右手触碰了下她后脖颈下方细腻的皮肤后，快速抽开。

"你不能吃凉的东西，肚子会难受，难受了你就会哭，我不想看你哭。"

孟哲冬口齿不清的这段话，江京雨听得清楚。

江京雨有痛经的毛病，每个月来例假，别的女生蹦蹦跳跳都没问题，但她肚子痛起来有时连床都不敢下。所以对于生冷食物的忌口，一直保持得很好。最近几年，江京雨的身体有所好转，渐渐对忌口什么的没怎么放在心上。

不料，孟哲冬仍然记得。

不让她喝酒，帮她挡果汁，问服务生要来温水。

江京雨心里一暖，没想到平日里在自己面前咋咋呼呼、没大没小的浑小子，竟然有如此真诚体贴的一面。

带着这份感动，江京雨没有挣开他，两人保持着面对面拥抱的姿势，她艰难地拖着这个重量级负担，朝电梯外走。

找钥匙，开门。鞋子都来不及换，江京雨拖着人往卧室里带。

"到家了，你撒手，去床上睡。"江京雨拍拍孟哲冬的肩膀，示意他松开。

孟哲冬不懂，撒娇似的摇头。江京雨难得好声好气，竟然开始和他讲道理："你不松开，你怎么去床上睡觉。"

"哦，"孟哲冬低声应着，合着眼皮沉思。江京雨正等他想明白松手自己乖乖上床睡觉的时候，突然觉得身子一轻，身体向后仰，他压着她结结实实地倒在了床上。

床垫的弹性足够好。

江京雨缓了会儿，才适应过来这"余震"似的晃动。

"孟哲冬，你压着我做什么，快起来。"

"我不。"两人面对面对视着，孟哲冬趁着酒劲闹脾气。

江京雨默不作声地扳着他的肩膀将人推开，谁知孟哲冬却准确无误地将她的手给捉下来。如果不是她亲眼看见孟哲冬喝了多少酒，肯定会误会他此时此刻是在装醉。

江京雨继续和他讲道理："你先起来，我帮你取醒酒药，然后和你一起睡觉。"

孟哲冬瞪着浑圆而清澈的眼睛，突然笑道："你长得真好看。"

江京雨被这突如其来的夸奖，弄得有些失神，这个醉酒的孟哲冬才是他真实的一面吗？

等江京雨再反应过来的时候，她震惊地瞪大了眼睛，不敢喘气——孟哲冬眼睛渐渐合住，脑袋渐渐下倾——他这是要亲自己吗？

江京雨也不知道是哪里来的力气，挣开了孟哲冬攥着的手，说时迟那时快地用手挡在了两人的嘴唇之间。

两片温热的唇瓣，啄在了她的手掌心，痒痒的。

受惊的江京雨双手扶住他的肩膀，莽撞地将人推开，落荒而逃。

江京雨跑到客厅停住，眼眶湿润，有些蒙。

孟哲冬刚才那是要亲她吗？孟哲冬怎么可以亲她啊。孟哲冬喝醉酒的样子真的让人捉摸不透。

房间里，孟哲冬仰躺在床上，自己都不清楚是醉是醒。

半醉半醒间，他睁大眼睛，试图看清楚天花板上精致的细纹。刚才自己在做什么？怎么能够亲她？

还好是醉酒，就让她当作是耍酒疯吧。

如果不是因为黎落无意中说漏的话，江京雨可能真的会以为孟哲冬仅仅是在耍酒疯。

两个闺蜜难得有相处的时间，江京雨惴惴不安地看着黎落已足月的肚子，否决掉她出门逛街的提议："看你这样，要是在路上要生，我可不知道怎么照顾，反正都是聊天，在家说会儿话就行。"

"我看你是工作忙得没有逛街的时间吧。"黎落扯扯江京雨的头发，一脸心疼，"江江，我觉得你这半年老了不少，就差有白头发了。"

"瞎说什么，化妆的原因。"江京雨义正词严地解释，"我现在出门和别人谈事情，如果看上去年纪太小，没什么说服力。"

黎落撇嘴："你就自我安慰吧。不管怎么样，你少操心，女人一操心就变老。"

"我没你那么好的命啊，遇到个疼自己的老公，早早就嫁了做阔奶奶。"

"一点也不阔。"黎落倒是乐观，摸着肚子说，"我们俩现在的薪水不多不少勉强度日，等肚子里的宝宝出来，花钱的地方不少，生活也得紧巴巴的。不过我觉着这样挺好的。我不像你，有自己想做的事业，我在公司做个小职员，挺满足的，所以也不觉得这点儿薪水有什么委屈。"

"日子慢慢过，总会好的。"

黎落笑："对啊。你为梦想，我为孩子，人心里有点追逐的东西，生活才有奔头。"

"养个孩子，可比做事业要麻烦多了。不过我先预定，我要做孩子的干妈，你要是不想教了，就我帮你带。"

"干妈是必须的，带孩子这事，估计到时候你就嫌烦了。"

两人随便聊着，也没有固定的话题。江京雨说起那天"团建"

后的事情来，用一副庆幸的语气提到那个吻。

黎落一脸惊奇："所以，最后亲上了没？"

"怎么可能让他亲上啊。"江京雨一脸庆幸，"那我们还要不要做朋友了。"

黎落笑了笑，意味深长地看了眼江京雨，欲言又止。

江京雨眼尖，看出她的不寻常，主动问："你想说什么？"

"那个江江啊，"黎落在纠结要不要说，"你对孟哲冬，真的一点点感觉也没有？"

"能有什么感觉，我们都这么熟了。"

黎落哑口无言，点点头，说："也是。"

江京雨奇怪地打量着她。

黎落终于忍不住，咬牙跺脚说出来："其实孟哲冬喜欢你。"黎落在她一脸错愕下，短暂地停顿，"就是那种情侣间的喜欢，那次去度假村玩的时候，我随口诈了诈他，没想到他就承认了。这都几个月过去了，他没告诉你吗，男生心里就是能藏住事啊。"

见江京雨愣神，黎落挥着手在她眼前晃了晃："喂，江江，你是不是傻了。表个态啊。"

江京雨勉强咧嘴假笑，故作轻松道："不能吧，我和他只是好朋友啊。"

"平时相处的时候，你感受不到吗？"黎落疑惑地问。

江京雨苦笑，嘴角有些僵硬："感受到什么，我和他从小到大都是一个相处状态的。没什么不正常啊。"

虽然说她一直不相信，男女之间会有纯粹的友谊。

就和她前不久对小助理说的那样，纯粹的友谊不过是一个打死不说，一个装傻到底。

但是当江京雨真的知道孟哲冬竟然对旁人说过喜欢自己的时候，心中莫名地有些慌张。对，是慌张，不是喜悦。

黎落懊悔，自己就不应该多嘴："早知道就不告诉你了，要不这样，你还是装着不知道，就当我没说过。孟哲冬或许自己也没搞明白对你是什么感情，所以……你可以等等看。"

江京雨觉着这并不是个好主意，但又没有什么更好的办法。

虽然这样做确实不厚道，但也只能这样了。

因为黎落的话，江京雨在面对孟哲冬的时候，感觉总是怪怪的。

以前上学的时候，江京雨那丝小小的情绪能够隐藏按捺下去，可能是因为不那么强烈吧。但是如今，她对于孟哲冬，可能连那一丝丝的悸动也消失了。

与孟哲冬的相处状态，已经让她养成了一种习惯。

她从来不会将两个人的友谊往爱情上面靠拢。

如果孟哲冬不说透，江京雨心中别扭的情绪可能渐渐地就自我调节开了。

但是，如果孟哲冬说透，她该怎么办？

答应？这好像不是她的本意。但是不答应，两个人的关系会不会变味啊。

那天晚上，孟哲冬将她压在床上差点就要亲上来的场景历历在目。江京雨又臊又热，心中忐忑不安，以至于办公室的门被敲了好几声，都没有听见。

孟哲冬径自推门进来，笑嘻嘻地抱怨："我说你还来劲了，我敲个门客气客气，你是不是知道是我啊，明明在屋里，连应声都不应。"

江京雨心虚地翻了翻文件，不安地躲开他的视线："我刚刚没听到。"

孟哲冬停在她跟前，仔细打量她："你是不是身体不舒服啊，我看你脸色不太好。"

"哦，可能是昨晚没睡好。"江京雨对着镜子照了照，用掌心拍了两下。

这种放在小言里面都是俗套路的对话，搁在现实中说出来，倒是没有人去猜测它的真假。

孟哲冬正经地倒了一杯温水，难得贴心地叮嘱她："喝点儿水，看你嘴唇发干。"

江京雨胡乱点点头，接过水杯："谢谢。你找我有事？"

"没，就是想问你明天有时间吗。新开的那个影视基地，看宣传挺华丽大气的，有时间的话明天一起去看看。"

约会吗？

江京雨摸了下还有些温热的脸，下意识地拒绝："我明天要出差。"

"出什么差啊？"孟哲冬作为公司的一分子，怎么不知道还有这么回事。

江京雨一本正经地解释："去一趟西安，实习考察，找灵感。"

"去几天？"

"两天。"

"正好公司没什么事，我陪你去吧。"

江京雨纠结："不用了吧，这段时间你公司学校两边跑，很辛苦，休息一下吧。"

孟哲冬说："去西安逛逛，就当散心了。"

"那行。"江京雨退步，"我给你订机票。"

可能是产妇焦虑，情绪比较多的缘故，黎落对于自己告诉了江京雨那件事情之后，心里一直惴惴不安，整日忧愁。

蒋格晨看着黎落，从一个医生的角度考虑，她这个状态对她自己和胎儿的身体都不好。

黎落不屑："你一个牙医，懂什么孕妇的事。"

"你连医生都不是，就懂得了？"

黎落见说不过他，便开始耍赖，捂着脑袋装头疼："你别和我说话，我难受。"

"哪里难受？"

黎落煞有介事地说谎。

蒋格晨见她一脸幸灾乐祸的样子，也懒得拆穿，瞬间板了一张脸，伸手问她要手机："我给孟哲冬打个电话。"

"打电话干什么啊？"

蒋格晨已经开始找号码："告诉他一声，让他心里有个准备。"

黎落反应慢了半拍，还没明白过来要让孟哲冬有个什么准备呢。就听电话已经拨通，蒋格晨一副例行公事的通知语气："喂，哲冬啊，我是你蒋哥……是这样的，前不久我老婆和江京雨见面的时候，一不小心说漏了你承认喜欢她这件事。"

黎落惊得差点要平地跳高。

蒋格晨一手举着电话，一手揽在她的腰上，让她老实点。

"你有个准备，要说就快点说，不要说就早点放下，别磨磨蹭蹭的，像个娘们儿似的……行，挂了吧。"

电话刚挂断，黎落就咆哮了："蒋格晨，我要被你气死了！"

蒋格晨一脸无奈地举高双手："得，罪魁祸首从江京雨变成了我。"

那边孟哲冬挂了电话，收拾去西安的行李。正值公司的小暑假，十天假期，这次西安的旅途在孟哲冬的建议下也拉长了。本来是抱着散心的态度去的，可如今在得知江京雨已经知道他的心意后，瞬间觉着十天的相处时间有些尴尬。

但是，就算不去西安，难道就不尴尬了？

以后朝夕相处的时间多了去了。

孟哲冬头大，觉着自己遇到了一件棘手的事情，简直比自己接下来要写的这个企划案还要棘手、麻烦。

Chapter eight
她是我的人

江京雨在网上与靳钩沉聊天时提及公司的第一本书，两人简单交流了下各自的看法后，做事一向雷厉风行的靳钩沉买了张机票就飞到沙市，说："我陪你一起去西安吧，或许在设计上能够帮助到你。"

靳钩沉的热心相助让江京雨大为感动。

之前半年在北京，靳钩沉没少帮助她，所以借这次机会，她也能够好好地尽一尽地主之谊。

他们订的是两天后的机票去西安，这两天，江京雨作为东道主，带靳钩沉逛起了沙市。

"吃、喝、玩、乐，这四个你先选一个。"江京雨一身清爽，晃着从黎落那儿借来的车钥匙，冲靳钩沉说，"吃的话，我带你去几家口碑不错的地方菜馆，不过湘菜就一个特点，辣。喝的话……比较有特色一点的，那就是奶茶，沙市有一个奶茶品牌享誉中国却从来不在其他城市开分店所以就成了这儿的标志，不过你们男人似乎不喜欢喝奶茶啊。"

靳钩沉笑了笑："我来开。"

"不用。"江京雨说，"这里的路我比你熟。"

靳钩沉坚持："现在也不是节假日，路上车不多，待会儿你指路就行。"

江京雨没有继续在谁开车这个问题上纠结，就把车钥匙给了他。

"玩的话，有几个景点，晚上江边的酒吧街挺热闹的。"

"先随便吃点儿东西吧，坐着聊会儿天。景点什么的，我倒是没什么兴趣。"靳钩沉冲江京雨笑了笑，"老话不是说嘛，重要的不是去哪里，而是和谁一起去。和聊得来的人就算宅在地下室看电影，也挺有意思的。"

江京雨嗤笑："去什么地下室啊，去个电影院还是很方便的。"

靳钩沉跟着笑，江京雨时不时指着窗外的街道给他介绍，他开车很稳，在并不拥堵的车流中，车速控制得恰好。

"在前边右转，找个露天停车场把车停了。"江京雨指路，"那边商场四楼有一家湘菜馆，吃过的都说好。"

"你这广告词，说得有点生硬。"靳钩沉打着方向盘，与前车保持着安全距离，在人行道前停下来。

江京雨提醒他："右转啊。"

"忘了。"

"就你这驾驶水平，还争抢着要开车呢。"江京雨笑他，"突然想起来我考驾照的时候，路考的时候右转弯不用看灯，我连着两次挂，都是因为踩了刹车，这件事被孟哲冬拿出来笑了我好几年，每次出门我开车他非得笑几次才过瘾。"

"这个商场吗？"靳钩沉弯着嘴角问。

前方停车场正巧有车开走，空出车位，江京雨提醒他："停那儿就行。"

靳钩沉一边倒车一边说："我以前开车时出过事，那之后就变得特别警惕了。"

"你应该早告诉我的。"两人下车往商场里走，江京雨说，"吃完饭我来开吧。"

"让我坐别人的车，更不踏实。"靳钩沉将车钥匙往口袋里一收，并不打算给她。

江京雨笑："也是，命掌握在自己的手里总比被别人说了算要好。"

"放心，你的命，我肯定比重视自己还要重视的。"靳钩沉拍拍她的脑袋，柔软细滑的头发在他的掌心挠得痒痒的。江京雨与他对话，正半偏着脑袋，眼睛亮闪闪地噙着笑意。

靳钩沉低头看着她，盖在头顶的手掌忘记了收回。眼神突然地交汇配合着肢体接触让两人有些尴尬，江京雨嘴角的笑渐渐地僵了，故作轻松地说："那我就放心了。"

"放心吧。"靳钩沉双手抄进口袋，淡淡地说。

靳钩沉是那种雷厉风行的人，遇到问题就喜欢用最迅速的方法解决，不会拖泥带水，也不会徘徊不定。所以对于江京雨的感觉，他一直没有克制压抑自己。

他喜欢她，是想让她做自己女朋友的那种喜欢。

在网上互怼，吃瘪。被公司派遣机场接机，再遇。然后三个月的相处，算不上长，也确实不短了。

有些话也该说了。

有些问题，也是时候问问了。

江京雨往电梯走，随口给他介绍商场的结构："一二层是时装店，三四层吃的偏多，也有一些娱乐馆，负一层小吃甜品比较多。

一会儿我们去四楼吃完饭，去负一层买个奶茶吧。都来沙市了，不喝喝当地的招牌奶茶，我都替你遗憾……"

"江江。"靳钩沉突然打断她。

江京雨不明所以："嗯？"

三面玻璃的电梯间只有两个人，缓缓上升，外面的景致匆匆变化。靳钩沉突然严肃，看着江京雨，要说什么。

电梯门突然开了，有人上来，逼仄的空间一瞬间拥挤了。

江京雨仍看向靳钩沉问："你刚才要说什么？"

刚上电梯的年轻男人偏了下头，无意朝江京雨身上看了眼。靳钩沉没作声，冲她扬扬手机，然后低头发消息。

很快，江京雨手机里收到："有个严肃的事情，你想现在听，还是一会儿找个安静的地方我单独和你说？"

"现在说吧。"江京雨低头不安地打量了下自己，是不是自己裤子上沾了脏东西？以前孟哲冬经常这样耍她，每次明明没什么大事却偏偏要用一种台风要来了的严肃语气吓唬她。

江京雨手机响了下，还没来得及看消息，四楼就到了。

两人往外走，江京雨随口问"你发的什么"，然后低头快速扫了眼手机。

靳钩沉信步在旁边走，两人隔着不远不近的距离。江京雨看完消息，微微抬头，打量他的表情，不像是开玩笑，可这个问题会不会有些突然啊。

靳钩沉不偏不倚地与她对视着，郑重其事道："我北京那边的工作正在交接阶段，未来我可以到沙市发展，具体做什么还不确定，也可能做出版的老本行，也可能做点儿新东西。不管做什么，你相信我不是瞎弄，我有自信发展好。所以不会是异地恋，也不会因为财力让你感觉不踏实。"

手机里那条"做我女朋友吧"的消息让江京雨有些蒙。

"至于性格方面，"靳钩沉又说，"我们认识时间也不短了，也算是有些了解。反正我挺喜欢你的，不知道你对我什么感觉。我这个人虽然爱聊话痨些，但是私生活很简单，过去交过两个女朋友。有一个出国了，一个结婚了。当初分手的时候断得干净，你也不用担心旧情复燃之类的。"

靳钩沉把话都说了，江京雨哭笑不得，努力地掩饰尴尬："你这就表白完了，也太突然了，吓了我一跳。"

"这次来沙市一方面是想帮你弄书籍设计的事情，第二件事就是想和你说这事情的。"靳钩沉说，"原本打算最后说的，可后来想想，早点说出来算了。心里一直挂着这件事，难受。"

"得，你现在倒是舒坦了，说出来让我难受了。"江京雨故作轻松地缓解气氛。

靳钩沉笑："你不用着急回答，反正你就知道有这么个事，什么时候给结果都行，我这个人公私分明，不影响正经工作，不过也不能太晚，毕竟指不定在你告诉我结果前我就已经喜欢上其他人了。"

"刚才还说自己不滥情的。"江京雨翻个白眼吐槽。

靳钩沉解释："这是为了不让你有压力，才这样说的。"

江京雨笑："得！你这样说了，我压力更大了。"

在知道孟哲冬发烧后，江京雨拨过电话来说"要不西安你就别去了"时，孟哲冬差点就要答应了，毕竟江京雨已经从黎落口中知道了自己的秘密，他不知道自己该如何与她相处。但听到江京雨说这次靳钩沉会和她一起，瞬间就矢口否定掉。

"没事的，就是有点烧，不严重，我吃点儿药，睡一觉就能好了，不耽误明天的出发。""靳钩沉"这个名字，孟哲冬不陌生，不止一次被江京雨在电话中提起。在北京的三个月，江京雨和他关系最亲近了。靳钩沉不是应该在北京吗，怎么来沙市了，来就来吧，怎么还要跟着一起去西安？

江京雨嘱咐："你别忘装些药在包里，一会儿看一下西安的天气，多穿点儿衣服，别感冒了。"

"知道了。"孟哲冬挂电话前，多嘴问了句，"那个靳钩沉怎么突然来沙市了？"

这几天孟哲冬没有和江京雨联系，竟然不知道她身边多了个大活人。江京雨说："我这次要独立完成一本书的设计，他过来帮忙。"

说是为了工作，可是这也太热心了吧。孟哲冬隐隐不安："你面子够大啊，专门飞到沙市来，还要一起去西安，你问问他有没有意愿加入我们公司来？"

"八成不会。"江京雨不知道怎么解释靳钩沉的事。

孟哲冬因为感冒声音发闷："有机会问一下，说不定可以。"

江京雨没多说："我收拾行李去了，明天见。"

"明天见。"

"别忘记吃药。"江京雨提醒他。

孟哲冬应声："知道了。"

挂了电话，孟哲冬还在琢磨她的意思。她是已经知道了，还在装作不知道。而他，是明明知道她已经知道了，却还要装作不知道她已经知道了。

还有这个靳钩沉，千里迢迢过来帮忙，不免让他多想。

隔天在机场，孟哲冬见到靳钩沉，高高瘦瘦的一个大男生，幽默风趣。今早他打电话给江京雨询问要不要过去接她的时候，她振振有词地表示，又不顺路，她自己打车就好。

但是在机场门口碰面时，孟哲冬从车后备厢里取出行李，正巧看到江京雨与靳钧沉从同一辆出租车上下来。

孟哲冬的心瞬间就像被搁到车轮下碾压过似的，碎成一摊烂泥。

"嗨！"孟哲冬凑过去打招呼，看看靳钧沉又看向江京雨，"你俩顺路？"

没等江京雨回答，靳钧沉先说："不顺路，我让司机从酒店绕了个路，过去接的她。女生东西一般都多，怕她拿不过来。"

说话的工夫，靳钧沉顺手将江京雨手中的行李箱拎过来。

孟哲冬苦笑："靳先生挺了解女生的嘛！"

"我家里有个姐姐，平日里被姐姐念叨多了，也就记住了。"靳钧沉淡淡地冲孟哲冬看了眼，短锋交接，坦白者胜。

靳钧沉听说过孟哲冬。这半年来，江京雨时常将孟哲冬挂在嘴边，起初以为是她的男朋友，后来才知道是好朋友。靳钧沉追来沙市决定向江京雨表白的时候，就已经将孟哲冬归类成自己的一个假想敌。如今情敌见面，分外眼红，靳钧沉倒是很想知道孟哲冬对江京雨到底是真有意思，还是说真的只是朋友。

孟哲冬自然也是知道靳钧沉的，从江京雨到北京第一天，靳钧沉接机，到后来，两人时常的工作接触。孟哲冬虽然时不时明里暗里地提醒江京雨，她此去北京是为了工作，但是也免不了情之所以，难以克制。如今看到靳钧沉对江京雨的态度，如果不是靳钧沉这个人对朋友一向没有距离亲昵关切的话，那就只能说明他要追她。所以，靳钩沉是自己的情敌。

江京雨拿着身份证取登机牌时，两个人笑脸相视。

情绪几分，猜了个大概。

"她是我的，你别打主意。"孟哲冬瞪了对方一眼，坦诚表示。

靳钩沉冷冷地笑："我刚想说这句话，就被你抢先了。"孟哲冬正得意呢，就听靳钩沉遗憾满满地补充，"不过我已经表白了，她正在思考阶段。"

孟哲冬惊诧地看他，过了会儿，憋出来一句："公平竞争。"

"OK，我也没打算说服你让我。"

孟哲冬冷哼着踢了他行李箱一脚："伙计，你很有自信啊，谁给你的勇气以为你有能力说服我？"

靳钩沉谦虚地拱拱手，礼尚往来地还了他的行李箱一脚："我也不需要你让。"

江京雨选好位置取完自己的登机牌，回头招呼他们的时候，见两个人正站在不远处，中间隔着三个行李箱，两人像是踢皮球似的，你一脚我一脚地将那个黑色的登机箱踢来踢去。

"喂！过来取票了！"她喊。

"来了。"两人同时应声。

同时喊完，又同时侧头，敌意分明地对视了下，像是田径赛场上开始的口令，公平竞争的两个人已经同时站在起始点，接下来就要看谁能够笑到最后了。

两人默契地，几乎同步跨出了腿，既迅速又不失风度地潇洒地朝着取票机过去。

"你坐在哪个位置？"靳钧沉先开口，去问江京雨的登机牌号码。

孟哲冬以一种十分不屑的口气冷哼了一声，率先在旁边的机子上取了登机牌。

靳钧沉正为自己的聪明沾沾自喜时，就注意到屏幕上江京雨旁边的位置已经被占走，下意识就看孟哲冬，后者正十分嘚瑟地甩着登机牌扇风。

在江京雨不知情的情况下，两人无声用眼神交流。

"你什么意思？这位置你占的？"

"对啊，我比她都要了解自己。你就放弃吧，比不过我的。"

靳钧沉笑了笑，趁江京雨拖着行李箱往安检入口走时，凑到孟哲冬耳边小声说："那又怎么样，你都认识二十几年了，关系不照样没有变化吗？"

"走快点儿！"江京雨一边看时间，一边扭头催促两个人，"待会儿机场广播该点名了。"

"时间还早呢。"孟哲冬懒得理靳钧沉，快速走两步，行李箱无意间撞了靳钧沉的箱子下，碰出去老远，他哭笑不得，解释，"不管你信不信，我是无心的。"

"我不信，你个心机 boy，要脸吗？"靳钩沉瞥了孟哲冬一眼，慢吞吞拉起被孟哲冬一脚踢远了的行李箱。

孟哲冬　边赶上江京雨，　边回头看靳钩沉，用口型无声道："要人，不要脸。"

"呵呵，你也没机会。"靳钩沉觉着孟哲冬这个人其实挺有意思的，和他做朋友，轻轻松松不觉得累。乍见到孟哲冬给人的印象是那种挑剔计较难伺候的人，但是相处下来，发现其幼稚孩子性的一面。没有表面那样端着，很真实。

不过很快，靳钩沉就想要收回自己对孟哲冬的评价，他多希望孟哲冬一直端着架子啊。好像是自己疏忽了，自己冲他挑衅，反而刺激起了他竞争的念头，无缘无故地给自己树了个敌，还是如此强大的敌人。

在候机厅，趁江京雨去卫生间的工夫，靳钩沉问他："你刚才是在开玩笑的吧，你和江江认识这么久了，要是喜欢早就在一起了，也不会轮到我出现啊。"

见靳钩沉一本正经的样子，孟哲冬一时突然不知道自己怎么回答了。喜欢是真的，但这么久没在一起也是有原因的。他有自己的顾虑，有自己的彷徨。像是一只无头苍蝇似的，在对着一面透亮明净的玻璃壁，没头没脑地乱窜，看似近在咫尺，但是实际上如何越过这块玻璃，能否越过这块玻璃，都是一个问题。

即便靳钩沉与江京雨之间隔着一条海，但只要有船，就能到对岸。

渐渐意识到这个问题后，孟哲冬突然就没有勇气在靳钩沉面前承认自己没有在开玩笑这个事实了。

"登机牌。"孟哲冬冲他示意。

靳钩沉不解，扬了下手中的登机牌看他。

孟哲冬交换了两个人的登机牌，淡定地解释："眼睛真毒，这都被你看穿了。"

靳钩沉跟着笑，晃晃手中的纸片说："谢了。"

接下来的旅途孟哲冬变成了一个灯泡，夹在江京雨与靳钩沉之间，分外别扭。终于在他们商量去西安城墙的时候，孟哲冬主动提出离队："我约了朋友，就不和你们一起了。"

"你在西安还有朋友，谁啊，我怎么没听你说过。"江京雨好奇地问。

孟哲冬笑了笑："任长安，他最近也来西安了。"

这话倒是真的，任长安来到西安，他是几个小时前刚得知的。两个孤独落单的异乡人，定了个时间约见面。

两人蹲在酒店旁边的花坛边，任长安捏着烟盒抖出一根烟。

孟哲冬摆摆手，没接："我不抽烟。"

"习惯挺好。"任长安见怪不怪，自己点了一根，掐在手里。

大厅前停停走走的车子品牌瞩目，价格不菲。两个人蹲在花坛旁边，被门口的保安打量了好几眼。任长安的手机响了下，他扫了眼屏幕，没打算接。孟哲冬无意识地开口问："谁？"

"试图拯救我的人。"他咬着烟，一颤一颤地说。

孟哲冬笑着反问他："你哪里需要拯救？"

任长安说："可能这颗心吧，死要面子活受罪。"

孟哲冬不解地看他，过了会儿才听见他问："你喜欢你那个小青梅吧。"

孟哲冬糊弄着"嗯"了声，没提防突然转变的话题，逃避地别开了脑袋。

"要是喜欢就快点说，别磨磨叽叽的，等到真的连说喜欢的立场和信心都没了的时候，后悔都晚了。"看似任长安这话像是在说孟哲冬，但其实何尝不是说给自己听的，"看得出来，她也挺喜欢你的。"

孟哲冬质疑地偏回脑袋，看他。

任长安状似无意地淡声道："即便不是喜欢，那也应该很重视。上次在烤肉店见面，从她看你的眼神就能够看出来，亮晶晶的，有光。

当一个女生喜欢一个人，才会有这样子的眼神。"

孟哲冬嗤笑："你观察得还挺仔细。"

"有经验了。"任长安说，"以前谢清欢也是用这种眼神看我的，我虽然知道，但心里顾虑学业顾虑家庭顾虑太多，以至于等有勇气接受她的喜欢时，已经来不及了，我陷入了一种更惨的状态。"他看向孟哲冬，"所以，在能把握的时候，早点把握。"

"不一样。"孟哲冬差点就被任长安的话洗脑了，"太熟了，我和她从小就认识，一直到现在，早就没了感觉。"

"没了感觉？"任长安笑，"你为什么不换一种思路思考，正是因为认识久了，你们之间的感情才更重。她或许也像你一样，有着一种感情而不敢说出口，如果两个人谁也不迈出这一步，不就陷入死局了吗？"

"如果她压根儿就没有这种感情，我迈出了，不也是死局吗？"

"你……"任长安突然不知道怎么劝说，一个想要被安慰的人，听到一些安慰的话才有用，他这些时常搬出来用来自我安慰的话，在很多时候有用，同样在很多时候无效，在自己身上是这样，在旁人心里也不可避免地有着同样的效果。

任长安拍拍他的肩膀："你有没有信心追上她？"

有没有信心？

有吧。他那么了解她。

江京雨有一千零一种拒绝的理由，孟哲冬就有一千零一种打动她的方式。

有时候了解、熟悉，或许是一种优势。

孟哲冬啊孟哲冬，你为什么如此怯弱。

勇敢点儿，坚定点儿。

如果因为害怕分别就不愿意去遇见，那每个人都是一个孤岛。

任长安的手机又响了起来，他仍没有要接的意思。孟哲冬冲他示意："刚才还在劝我呢，到自己的事情上就犯糊涂。哪有让女生接二连三打电话的。"

"不一样，我不能给她希望。"任长安要挂断电话时还是犹豫了。

孟哲冬看他："接吧。"

任长安默不作声地划开了通话，电话那头的人似乎有些诧异，没想到能通。他接电话的工夫，孟哲冬起身，冲他挥挥手，低声说："我走了，回去准备准备。"

准备什么。

怎么准备。

孟哲冬心里一点主意也没有。

他往回走，路过一个花店，迟疑了下进去。花店女老板正坐在圆桌前，用花花绿绿的塑料纸包装。

见有人进来，她微笑地问："想要买点儿什么？"

孟哲冬没有主意："我先看看。"

"送家人还是送女朋友？"

"女朋友。"

女老板起身，给他介绍："玫瑰、百合。"

孟哲冬不留情地拒绝："太俗了。"

女老板无所谓地笑了笑，又介绍："桔梗、向日葵、木棉。"

孟哲冬看着一簇簇白团，指了指："包一束木棉吧。"

花买好了，还需要准备点儿什么呢。孟哲冬犯愁。

对江京雨了解归了解，但准备点儿什么花样才能被她认真对待，不误会他在开玩笑，好像是有些困难。

他捧着一束花，在路上兜兜转转到傍晚，接受了无数道目光的打量。

江京雨的电话拨过来问他要不要一起吃饭的时候，孟哲冬正和两个小孩儿蹲在墙角津津有味地看蚂蚁搬家。

"我们从城墙上下来了，你在哪儿，要过来一起吃饭吗？"

"你们吃吧。"孟哲冬撒谎，"我刚刚吃过了。"

"你是不是感冒又严重了，我怎么听着你声音比早晨哑了很多。"江京雨随口问。

旁边正在低头对着手机大众点评搜索附近有哪些本地菜不错的餐馆的人，听到这句无意识关心的话，愣了下。他轻轻抬头看了她一眼，在对方还没有察觉的时候，迅速低了头，继续看手机。

"那你记得吃药，不舒服就早点回酒店休息。"江京雨啰里啰唆地埋怨，"让你别跟着来西安你非要来，水土不服感冒加重了，看到时候身体不舒服的是谁。"

江京雨又念叨了几句，才挂断电话。

靳钩沉收了手机，说："有家羊肉泡馍，就在附近，我看口碑还不错。"

"那就这个吧。"江京雨不挑食，爽快地应了，"反正孟哲冬也不过来，我们就就近吃点儿吧。待会儿回去的时候，随便给他打包点儿吃的。你不知道，他一个大男生吃东西比我还要挑，以前我俩一起吃饭，不止一次为吃什么争执起来。"

靳钩沉笑了笑："越是熟的人，相处的时候才越不顾及，往往是那些刚刚认识的朋友，相处时才会担心才会思量才对更多地为对方考虑。"

"这话倒不差。"江京雨赞同，"我和孟哲冬的关系，更像是家人，不管对方有多少缺点有多少优点，都能够互相包容担待，相互嫌弃，又不离不弃。"

"这挺好，多了个哥哥。"

"不。"江京雨果断地纠正，"是弟弟。"

靳钩沉哈哈大笑。

江京雨拿出手机在搜索要给孟哲冬打包点儿什么东西带回去的时候，就看到了黎落发过来的消息："孟哲冬已经知道你知道他喜欢你的事情了。"

这一串绕口令似的消息，江京雨看了三遍才反应过来什么意思。

"江江？"见她愣神，靳钩沉喊了她几声，她才反应过来，手足无措地看向他。

"我刚才在想封面的设计。"

靳钩沉追问："有什么想法？"

"书籍的装订线，"江京雨顿了下，整理思绪，"用线装成城墙的样子。"她用手指在空中画了几道线比画，"一高一低一高，就像城墙有高有低。"

"我明白你的意思。"靳钩沉做图书市场多年，她的描述，很轻易就能够想象得出，"32开的书用线装其实很丑，线装一般常见在横向的16开。"

江京雨犯难："横向啊。书法绘画作品一般用横向的设计好看，但是我要做的这本是人文类书籍。16开的横向阅读起来不方便，32开的横向又显得太小家子气。"

"是这样的，不过融入城墙元素很有必要。北有八达岭长城，南有西安古城墙。同为城墙，两者还是有很大差距的。"

江京雨惊呼："西安城墙是闭合的。"

靳钩沉可以说是一个很称职的老师，他一步步地循循善诱，不断地提示让江京雨找到灵感、突破口。江京雨沾沾自喜地将自己此刻的想法记录在备忘录里面，却发现仅仅有着一个元素远远不够。

"慢慢来，一本书的设计是由一个个小灵感组成的。"靳钩沉一眼看穿她的失望。

靳钩沉虽然没有孟哲冬与江京雨相处的时间长，但是长久的人际交往中总结出来的经验也能够让他有足够的自信与江京雨相处。

江京雨点着头，靳钩沉以为她是在思考书籍设计的事情，没有打扰她。只有江京雨心里清楚，自己想的是其他事情。

方才黎落的短信，让她一时间突然陷入混乱。

像是在泥潭中，越挣扎，陷得越深，越找不到出路。

孟哲冬已经知道了，他怎么能够知道了呢，他知道了那她该怎么办啊。

迟迟不表态，只会让彼此刻意地疏离彼此，对，就是疏离，江京雨回忆起今天的事情后知后觉地联系起前因后果来。

他今天的行为，不就是在故意疏远吗。

这不是她想看到的……

喜欢他，如果不喜欢就要分离，那她怎么会不喜欢他。

可是如果喜欢就是在一起，那她该怎么分清楚自己的这种喜欢是恋人间的喜欢，还是亲人或者朋友间的喜欢。

哪有什么纯洁的友谊啊，一个打死不说，一个装傻到底。

他们之间的感情，到底算什么？

江京雨拎着打包的外卖回到酒店，孟哲冬拨过来电话，说自己已经在机场。

"怎么了，是公司出事了吗？"她问。

"一点小状况，我能处理。"孟哲冬顾左右而言他，敷衍地说。

江京雨为他这逃避疏远撇清距离的态度弄得心烦，气愤地想要生气："需要我回去吗？"

"没事，你也帮不上忙。"

"哦，那你忙吧，挂了。"江京雨干脆地撂了电话，将外卖丢进酒店大厅的垃圾桶里。

"你们好好玩。"

孟哲冬刚结束与江京雨的通话，手机又响起来。电话那头，孟母声音哽咽，压抑着痛楚。

"妈，我正在机场，半个小时后的航班，直接飞南京。"

"你不用着急，"孟母克制情绪，"已经脱离危险了。"

"好。你把医院地址发给我，我到了直接打车过去。"

孟哲冬的父母是南京大学教授，常年在国外做科研，他与父母常年聚少离多，从小由爷爷奶奶照顾。江京雨的父母与孟家父母是同事关系，两家相同的情况，长辈关系也不错，所以江京雨自小就待在孟家。

孟父因为熬夜，精神不足，加上犯了低血糖，下楼梯时晕倒，一脚踩空从台阶上滚下来，进了医院。

摔了腿，并轻微脑震荡，没有生命危险。

孟哲冬放心不下，还是想去一趟南京。

江京雨刚扔完外卖，就有些后悔，自己当夜宵吃了多好。正盯着墙角的垃圾桶懊悔呢，母亲的电话打过来："江江，你和小冬在一起吗，我给他打电话关机。"

江京雨刚要说孟哲冬现在应该在飞机上，就听到母亲自顾自道："你帮忙安慰着点儿不要让他着急。"

江京雨一脸蒙，不知道发生了什么："出什么事了吗？"

"你现在没和小冬在一起吗？"

"没有，我现在在西安，他说公司有事，回沙市了。"

江妈妈说："可能是小冬不想让你担心就没告诉你，你孟叔叔从楼梯上摔下来进医院了，摔到了脑袋，挺严重的。"

孟哲冬和江京雨一前一后飞去了南京，在医院走廊里，遇了个正着。江京雨一身风霜急匆匆地按着病房号找去，孟哲冬正拿着两张单子去缴费。孟哲冬见到她，有些惊讶，愣了两秒，才恢复从容："你怎么过来了，还想着不让你忙。"

　　"我妈打电话找不到你，就给我打了电话。"来的路上，江京雨心里还在埋怨孟哲冬，但见了面，看到他疲惫的模样，瞬间只落了担忧。

　　孟哲冬见她一个人，随口问："靳钩沉呢？"

　　"他回北京了。"江京雨看着他手里的单子，"我陪你去缴费。"

　　孟哲冬攥着脆薄的单子："等会儿吧，我有点事情和你说。"他看看旁边，示意过去楼梯间那边。

　　"什么事？"江京雨是拖着行李箱过来的，小轮子在医院坚硬的地板上刺啦刺啦地发出摩擦声。

　　楼梯间里，孟哲冬单脚踩在台阶上，看江京雨强迫症似的摆着行李箱的位置。他咬着唇，难得地纠结了。想了一下午的事情，也该说出来了。

　　孟哲冬看到江京雨着急的模样，心想老爸从楼梯上摔下来摔断腿进医院的消息在传递过程中可能出现了纰漏，所以他灵机一动，瞬间戏精上身，将计就计地一脸痛苦："江江。如果我爸说，让你好好照顾我，你怎么说？"

"嗯？"江京雨没理解。

"就是……我爸，希望你能够……"

从楼梯上摔下来，摔到脑袋，挺严重的，江京雨想到妈妈在电话里说的话，瞬间屏气凝神，大气都不敢喘。不会吧，孟叔叔他……江京雨看着孟哲冬严肃郑重的模样，开始胡思乱想。

"孟叔叔他……"江京雨紧张兮兮地盯着孟哲冬，担忧不断。孟爷爷去世的那段时间，孟哲冬像是变了个人似的，浑身压抑而沉默，负能量满满，她寸步不离地跟在他身边，生怕出了什么事情，而如今，孟叔叔……她真的怕他受不了打击。

江京雨不安地看着孟哲冬，手抓着行李箱拉杆的力道加大了几分："不管发生什么我都在，我都会一直陪着你的。"

孟哲冬手放在膝盖上，轻轻拍着节奏，看着江京雨一会儿紧张一会儿担忧的样子，才渐渐意识到她误会了什么："你愿意做孟家的儿媳妇吗？"

"孟哲冬，你不要太难过。"

"所以愿不愿意？"孟哲冬追问，"黎落应该告诉你了，我喜欢你，一直没敢说。我也不知道你什么态度，所以今天正好问问。咱俩认识这么久了，你以前说太熟了，对我没有感觉。"他说着突然一低头，凑近她，目光对视，"我这么帅，又有才华，感觉还是有的吧。"

江京雨盯着他，黑白分明的眸子里，亮晶晶的，倒映着一个小小的人影，那是他眼中的自己。

他目光紧紧地锁着江京雨的眼睛，直到口袋里的手机响了，才稍稍偏开些。

"愿不愿意？"

江京雨觉得心口特别疼，嘴快于脑，轻声说："愿意。"

孟哲冬摁了接听键，视线回来仍旧看向江京雨，不耽误讲电话："喂，妈。"

孟母的声音穿透力很强："你缴完费了吗？"

江京雨搓着小臂往后退了一步。

"还没呢。"孟哲冬默不作声地跟过来，胳膊一抬，压在她背后的墙壁上。

"壁咚"啊。江京雨眨眨眼，看他。

两人离得近，电话里孟母的声音听得清楚："那正好，你缴完了费，去医院食堂买一份粥回来，要那种玉米碎掺大米的，你别买错了。买错了你爸又得念叨我，你说住个院吧，怎么跟个小孩子似的，要烦死人了。"

孟妈妈在吐槽，还夹杂着孟爸爸的打岔声："再要一份拍黄瓜，多放点儿醋。"

"你断了腿，吃什么黄瓜。"孟妈妈说，"给他买个骨头汤，问问餐厅的师傅，要那种熬得久一点的。"

那头孟家父母争执着还要说什么。

孟哲冬看着江京雨渐渐清明、意味深长的打量目光，果断地挂了电话："妈，先挂了。现在这个时间餐厅不一定有吃的，我待会儿去街上看看吧。"

电话刚断，江京雨就要质疑出声。

孟哲冬哪会给她机会，压着上身朝她逼近，声音沙哑地喊她："江江。"

"嗯？"江京雨像是受蛊了似的，心脏不受控制地加速跳。

孟哲冬说："有没有心动？"

"心不动就死了。"江京雨回神，想到更重要的问题，"孟叔叔现在没事吧？"

"没事啊。"孟哲冬笑嘻嘻地圈着手指弹了下江京雨的脑门儿，拆穿她，"你就承认吧，我看你刚才那瞬间，脸唰地就红了，害羞了吧。"

什么害羞不害羞，什么脸红不脸红，什么心动不心动。现在更重要的问题是，江京雨气愤地吐槽："孟哲冬！哪有拿自己家人这样开玩笑的！"

孟哲冬理直气壮地怼回去："我自始至终可没说一句对我爸大

不敬的话啊，都是你自己在脑补的。脑袋长你头上，你在想什么，我怎么知道。"

江京雨怒吼："你不要再拍我的头！"

孟哲冬手盖在她脑袋上，淡定地说："我女朋友的头，我碰不得了？"

"谁是你女朋友？"

"你啊。"孟哲冬说，"刚答应了，现在就不敢承认了？"

江京雨不屑道："那也算？"

孟哲冬反问她："那不算吗？"

算不算？只见她嘴巴张了张，也没肯定，也没否定，懊悔不已地拖着行李箱出了楼梯间："缴费去，然后一会儿去医院餐厅买粥。"

孟哲冬得意地扬扬眉："好嘞！"

Chapter nine
我一直在

缴费窗口前面排了几个人的队伍里，有孟爸爸旁边病床病友的家属。江京雨和孟哲冬一边拌嘴一边站在队伍最后的位置，年轻叔叔在他们前一个，见到孟哲冬过来，热情地打了声招呼，随口说："小孟，这是女朋友啊？"

孟哲冬瞥了江京雨一眼，嘴角带笑，欢快地应了声："是呢。陈叔，你也来缴费啊。"

"长得挺好看的。"

孟哲冬笑了笑，得意地又看了眼江京雨。

江京雨傲娇地别开脑袋，盯着天花板上吊顶灯的方向，不理他。

孟哲冬憋着笑，轻轻拽了下她的袖子。

江京雨没好气地扭头："干吗？"

她倒是没有生气，就是有些不好意思。

突然的角色转变让江京雨有些始料不及，自己刚到医院呼吸还没有调匀呢，就被孟哲冬堵在楼梯间用一种奇葩的方式表白了，稀里糊涂的情况下，她竟然就答应了。

也忒不正式了吧。

哦，不对，她的关注点不应该是这个。

孟哲冬顺着她的小臂往下滑，准确无误地扣住她的手掌。男生的手掌宽厚结实，掌心热腾腾的，像个火球。江京雨被他拉着手，拽近距离。

"你站得离我近点儿。"

"你别得寸进尺。"江京雨咬牙道。

孟哲冬恬不知耻，脸皮厚得跟西安的古城墙似的："我好心拉你一把，不让别人撞到你，怎么还被你指责了。"

江京雨翻个白眼，低头玩手机。

队伍往前挪了几步，孟哲冬捏捏江京雨的手指，提醒她往前走。

江京雨单手玩手机，另一只手被他紧紧地攥着。孟哲冬牵着她的手还不老实，有意无意地攒着她的手指，痒痒的、麻麻的，她几次试图抽手都不成功，最终索性放弃，任由他抓着。

江京雨偷偷地给黎落发消息："刚才被表白了。"

"孟哲冬？"

江京雨快速地按住刚发过与接收的消息，点了删除，免得孟哲冬看到，匆匆回复："嗯。"

"厉害。你答应了吗？你们不是去西安了吗，我怎么看你微博发的定位是南京？"

"我在南京，孟哲冬他爸住院了。"

"哦哦哦。"黎落提醒她，"不要顾左右而言他，重要的是前面那个问题。"

江京雨看一眼孟哲冬，他的注意力正盯着缴费窗上方的两排红字看得入神。她将视线放心地落回手机上，给黎落回消息。

"其实是不想答应的。"

黎落画重点："所以……你是答应了？"

"我觉得自己脑袋里有坑。"

江京雨一边发消息一边毁灭证据。

孟哲冬的声音悠悠地从上空飘过来："不用删，我都看到了。"

江京雨抽抽嘴角，抿着嘴角冲他咧了个笑容："你眼神怎么这么好。"

孟哲冬松了她的手，悻悻道："你要是后悔了，就当你没答应。"

还能这样？也太草率了吧。孟哲冬你到底什么意思，耍着我玩呢。不过江京雨第一时间并没有这样想，只见她耷拉着脸沮丧一路的情绪在这个瞬间，突然就阴雨转晴了："真的？"

孟哲冬觉着自己这个以退为进的算盘打错了，郁闷地别开脸，冷冷道："假的。"

"孟哲冬……"江京雨语气软下来，拽着他的袖口撒娇。

"江京雨。"

听见孟哲冬连名带姓地喊自己，江京雨愣了下，特别正经地应了一声，严肃地看着他。

孟哲冬转回脑袋，哀伤的眸子里满当当地溢着失落："你眼睛是不是有问题，为什么就看不到我对你的爱呢。"

被兴师问罪的江京雨愣了愣，好像自己犯下什么不可饶恕的重罪似的，痴痴地装傻："有个人叫我对你的爱吗？"

"你！"孟哲冬被她气笑了，恨铁不成钢地捶了自己的胸膛两下。

江京雨知道自己过分了。

凡事不答应就不答应，答应了就得认真对待，这是她一贯的行事态度。可是，感情这事，又不和生活中其他遇到的事情似的，怎么是想要认真对待就能够认真对待的啊，两个人是需要有感情、有火花、有怦然心动的感情。

她和孟哲冬……两人间的感情有些怪。

队伍排到他们，孟哲冬对照着单子缴了费，两人下楼去给孟爸爸带夜宵。三个小时前还在西安，三个小时后辗转到了南京，同一片天空，却是两座不同的城市。江京雨听着耳边软糯的口音，与孟哲冬肩并肩走在灯火通明的街道上。

"我也不是想反悔，就是事情有些突然，一时没适应。"江京雨琢磨着，还是想说点儿什么，不要让整件事情陷入一种莫名其妙的状态，"咱俩太熟了，成天打闹互怼惯了，突然变成了恋人，有点不太适应。你看那对情侣，像我们似的，"江京雨想了个词概括她以为的两个人的关系，"像姐弟。"

"呵！"孟哲冬嗤笑了下，嘴角得意地扬起来，"我只听到了重点是你不想反悔。"

江京雨没理会他的插科打诨，知道自己说的话，他能听进去："你得给我点儿时间适应。"

多久合适呢，江京雨一步步地往前走，低头扫了眼自己的脚尖，思索这个问题。

孟哲冬突然喊她一声："江江。"

江京雨应声，跟着他停下来。

旁边有根电线杆，顶端的暖白色的灯泡散发着微弱但温暖的光，墨蓝色的天幕中，星辰点点，月亮藏在云雾后面，时隐时现。灯光将孟哲冬额前的头发耀得失真，他紧抿着唇，下颚线紧绷，明明喊了她一声，却又不打算说话。

江京雨杵在那儿，定定地回视着他。

时间滴答滴答地过去，鲜有车辆来往。两人静静站了许久，默不作声地保持对视，江京雨不知道他要做什么。

"别说话，好好看看我，兴许你就能够被我帅得挪不开眼了。"

"神经病。"江京雨翻了个白眼移开视线，"你脸皮还能再厚一点吗？"

被骂的孟哲冬不以为意，耸耸肩膀，抄着口袋快步跟上江京雨，很是正经道："你慢慢想，我不催你，等了你二十几年了，不差这几天。"

"谁说我就想几天啊。"江京雨说，"指不定我这一琢磨，就琢磨个二十几年。"

"刚才还说我不要脸呢。"孟哲冬撞撞她的肩膀，冷哼，"咱俩比比，谁的脸皮更厚。"

江京雨笑："你啊，孟哲冬脸皮厚一米五。"

"一米五啊，那我厉害了。"孟哲冬顺着她的话往下接，"以后我也不用洗脸了，等哪天脸皮脏了，就直接扯下来，多省劲。"

"我帮你保存着，弄成人皮面具。"

孟哲冬补充："那可得保存好了，要是被谁偷走了，别人伪装成我的样子，免得哪个傻子连是不是本人都认不出来。"

"放心，我绝对不会。"江京雨为自己正名，"你化成灰我都认识。"

孟哲冬慢走几步，眼看与江京雨之间的距离越拉越大，江京雨不察觉地有说有笑地在前方走，束在脑后的马尾辫一甩一甩，像是叩在孟哲冬心门似的。

喂，江京雨，你知道吗？

如果有一天，你不属于我，或者不在我的身边，我真的会非常非常难过。

你那么好。

孟哲冬嘴角翘了下，觉着自己给文科生丢人了。她身上的优点千千万，数不尽的词语可以概括，他却只能给出一个字定义——好。

想让全世界都知道她的优点，却又害怕别人知道她的优点。

孟哲冬鲜在别人面前夸她，却又听不得别人说她一句不是，哪怕只是一句不咸不淡不走心的"她有点不接地气"，他都能够拉着那人罗列半个小时江京雨在熟人面前犯傻的事情。

江江，你快点喜欢上我吧。

要不然我真的不知道自己该怎么办了。

孟哲冬打包了一份排骨粥回了病房，俩长辈正因为一道学术问题，争执得不可开交。

　　"爸，你就让一下我妈，女人都爱面子。"孟哲冬安置好病床上的餐桌，将外卖盒拆开。

　　孟爸爸不乐意："男人就不要面子了？"

　　"在自己老婆面前要什么面子啊。"孟哲冬拿了一包纸巾放在旁边备用。

　　孟哲冬寻求认同地往孟妈妈面前一凑，那眼神分明是在说"你看你儿子，多为你争气"。谁知孟妈妈的目光径自从孟哲冬身上扫过，看向了跟在他后面进来的江京雨，一脸惊喜："江江也来了！"孟妈妈随手将挡道的儿子一推，拉着江京雨的手臂满脸笑意，"快过来让阿姨看看，又变漂亮了。"

　　孟哲冬抱着肩膀直撇嘴，不情不愿地抗议："妈，你见你亲儿子都没这么亲，我要吃醋了啊。"

　　刚说完，就被孟妈妈横了一眼："不用看你都能猜出你长什么样儿，不嫌你烦，就算是对你亲了。"

　　"爸，你来评评理，你说你儿子是不是帅了。"孟哲冬往正在喝粥的孟爸爸跟前一凑，正打算把他拉向自己的阵营，谁知刚过去，就被孟爸爸摆摆手，让他离远点儿，"你别拍我，碗里的粥再洒了。"

　　江京雨心里笑得前仰后合。

孟哲冬一脸爹不疼娘不爱的受伤模样，沮丧地耷拉着肩膀，往床尾的凳子上一坐，后仰靠在椅背上，视线直勾勾地盯着正对面的江京雨，煞有介事地问："江江你说。"

"说什么？"

"说我帅啊！"

江京雨被他肃然的目光看得紧张，好像如果她不承认他帅这一点，他分分钟能将自己答应做他女朋友的事情告诉叔叔阿姨。

说就说，谁怕谁。

可江京雨一想到如果叔叔阿姨知道了，也就代表着自己爸妈知道了。按照两家的关系，估计凑在一起合计着就确定了日子。

得，还是尿一点吧。

"帅，你最帅的，宇宙无敌超级帅，行了吧。"江京雨一口气说完，只觉得违心的话说完心好痛。

可话说回来，俊俏的容颜，配合上花了心思的打扮，确实挺好看的，孟哲冬是挺好看的。此刻的孟哲冬因为这句夸奖得意地笑着，不过分张扬，性格又不内敛。不过看孟叔叔和孟阿姨的长相，就知道他也丑不到哪里去。

江京雨由衷地看向孟妈妈说："阿姨，你们家基因真的好。"

"江京雨，你什么意思啊！"因为是在医院，孟哲冬不满地控诉时有意识地压低了声音，他委屈巴巴地在那儿嘀咕，"得，到头来，我的帅没有我一丁点儿的功劳。"

一屋子人被他戏精上身的演技逗笑。

窗外天幕沉寂，屋内家和事兴。

真好。

当晚两人回了孟家，两居室的教师公寓，一间是卧房，一间是书房。

陈设简单朴素，干净整洁。书房里有一面书柜，一半放着书，另一半放着一些照片，是各种孟哲冬的合照。从出生时的襁褓婴孩，到渐渐长大、长高。孟哲冬安安静静地站在那面柜子前，有接近十分钟没有讲话。

江京雨站在一旁，觉得无比温馨、感动："你知道叔叔阿姨摆着这些照片吗？"

"不知道。"孟哲冬苦笑，"我一直以为他们心中没有我，只有化学实验。"

江京雨的心情同样沉重，心酸又羡慕，却还装作一副故作轻松的样子插科打诨地开玩笑："来，姐的肩膀在这儿，要是想哭，借给你靠一下。"

"太矮了，靠着不舒服。"

被拒绝的江京雨翻白眼："不识好人心。"

两人聊了会儿天，已经凌晨。江京雨睡卧室，孟哲冬睡沙发，夜深人静，一天的疲惫奔波让两个人很快入眠。

第二天，江京雨是被孟哲冬讲电话的声音吵醒的，她迷糊地出了卧室，看桌子上已经摆好了买来的早点。

"我爸让我去学校帮他拿点儿资料，你自己吃饭，然后一会儿想待在家也行，想去医院也行。"孟哲冬对着玄关的镜子径自整理头发，不忘交代江京雨，"这附近挺好打车的，医院地址你那儿有吧。"

"有。"刚睡醒的江京雨还没回神，杵在卧室门口愣了两分钟，在孟哲冬换鞋子开门的时候，她才渐渐醒神，"你去吧，我吃完饭自己安排。"

孟哲冬将钥匙放在玄关的柜子上："钥匙我放这儿了，你出门时别忘记拿。"

吃过早饭，江京雨将家里的卫生整理了下，恢复了昨日的整洁。

看到书房的那面墙柜时，她突然有些想爸妈了。爸妈和叔叔阿姨是同事，都住在同一个教师公寓小区，就在隔壁楼。江京雨敲了半天的门也没人开，给爸妈打电话也没人接，心里正念叨爸妈这是又去哪儿的时候，转头去了医院后，才看到爸妈正在病房和叔叔阿姨有说有笑。

江京雨喊人："爸、妈。"

江母神色平静，看到她出现不悲不喜："你也来看你叔叔了。"

"昨天晚上过来的。"江京雨有些失落。

比起孟哲冬与孟家父母的关系，江京雨与父母的关系保持得有些疏远。女孩子心思细腻，从小没有在父母身边成长起来，多少是有些怨恨与冷漠的。而父母的生活重心也都是集中在科研项目上，鲜会兼顾家庭。

江京雨不止一次地在孟哲冬面前说父母坏话，说他们不是称职的父母。

但是孟哲冬说，他们也是第一次做父母，所以子女应该宽容。

要宽容吗？

江京雨第一次觉着自己小孩子心性，不知道该如何宽容。

父母掐着时间，匆匆地离开医院。江京雨追出去小心翼翼地和母亲商量："今年中秋，我能来南京吗？"

"中秋啊，要做个项目，可能没时间。"江妈妈说。

又是这样的回答。江京雨失望地别开脑袋，细数这些年，家庭团聚的一顿团圆饭都没有享受过。她从小便被放在孟家，如果不是自己与爸妈长得像，她真的要怀疑自己应该姓孟。

从这平平淡淡的语气中，江京雨听不出来一点点对她的亏欠。

理所当然的语气、理所当然的态度，他们所有的行为都是理所当然，好像一个家庭父母对子女的抚养就应该是这样的状态。

"好，我知道了。"江京雨故作镇定地应着，心里早已经痛不欲生。

他们缺少沟通，或许说从来没有坐下来沟通过。

江京雨没有责怪他们的意思，只不过她是真的很羡慕孟哲冬与父母的相处状态。

从医院出来，江京雨在南京陌生的街道上走着。她曾经无数次地在地图上搜索过南京大学的地址，了解它周围的景致、街道，但当自己真正踱步在这里的时候，仍然感觉陌生。

没有一点点亲切的气息。

江京雨不知道自己走到了哪里，也不知道自己接下来要做什么。她觉得好累，拐进了路边的网吧。周围打游戏的喊嚷声不断，十分激烈，她坐在凳子上，戴着耳机看周星驰的电影，笑得前仰后合。

直到旁边人碰了碰她的肩膀，递过来一包纸巾，江京雨才意识到自己眼中有泪。

旁边的男人穿了一身红色的衣服，在周遭暗淡的环境里，显得尤其刺眼夺目。江京雨被这个显眼的红色刺激着，眼泪流得越发肆无忌惮。

她一边说谢谢，一边强扯着嘴角笑，样子看上去像是个神经病。

男人转回脑袋，没有理她，耳机挂在脖子上，看向自己的电脑屏幕。

江京雨哭累了、笑够了，趴在电脑桌上不受周围噪音的影响，竟然睡着了。

睡眠质量一点都不好，她做了一个很长的梦。梦里，她走在苍茫无际的大草原上，漫无目地四处走。

远处天际交接的地方，遥遥地出现了一个小黑点，然后黑点越来越大，她渐渐看清楚，来人是孟哲冬。孟哲冬的旁边跟着一条狗，一条站起来比她还要高的狗。

你问她怎么知道狗站起来的高度啊。

因为江京雨还没来得及和孟哲冬打招呼，就看到那条狗像是犯了失心疯似的，突然从孟哲冬的脚边蹿过来，跳高似的就朝着她扑过来。

"啊！"

江京雨尖叫着从梦中醒来，就看到孟哲冬正把一件红色外套从她身上拉下来。她惊魂甫定地自言自语："吓死我了。"定了定神看向外套，不解地四处望望，"你怎么在这儿？"

孟哲冬将衣服对折了下往旁边电脑桌上一放，翻了个白眼教训她："你的心可真大啊，在网吧也能够睡着，看看你手机、钱包还在吗，别都被人给顺走了。"

江京雨作势翻了翻包，看看自己的东西："都在。"

"是都在，还白赚了一件外套呢。"孟哲冬并着食中两指，夹着一张名片给她，"特意给你留的，回头你把衣服给人寄过去。"他心里酸酸的，从拨通江京雨的电话后听到是男声后就开始酸，莫名其妙地开始酸，没有缘由地开始酸，等不敢耽搁地飞奔来这个网吧，看到孟哲冬身上披着别的男人的衣服时又是一阵酸。

孟哲冬酸溜溜地说："你要是想亲自送去表达感谢也行，名片上有地址。"

"……"

状况之外的江京雨将名片抽过来，看了眼。

漫炫文化，倪屿生。

"这是个女生的名字啊，你酸什么？"

"接电话的是个男人。"孟哲冬和她犟。

江京雨冷冷地瞥了他一眼，收好名片收好衣服准备起身。趴着睡得太久了，腿有些麻，她下意识就往旁边的凳子上扶，孟哲冬也跟着她起身，凳子被他往后推了下，她这一伸手，扑了个空，重心不稳就要倒。

好在孟哲冬眼疾手快，伸手扶了她肩膀一下，这才稳住。

"你怎么了，身上这么烫。"孟哲冬摸摸她的手臂又试试她额头的温度，又探了探自己的额头做对比，判断，"你发烧了。"

"没有吧，可能是刚睡觉起来热的。"

"别狡辩了，发烧又不丢人。"孟哲冬噎她，拉着她的手往外走，"带你去打针。"

江京雨本能地抗议："我不打针。"

她怕打针，从小就怕，孟哲冬不会不知道。刚才只是随口说，说完了才想起来江京雨的短板，他不禁就顺势开起了玩笑："吃药好得太慢了，打针恢复得快。"

"那也不打。"江京雨伸手拉住旁边的电脑桌。

孟哲冬被迫停下，回头见江京雨正一脸严肃地和自己对峙。不打就不打，孟哲冬怎么会强迫江京雨做不喜欢的事情呢，但是此情此景之下，看着眼前这个像小孩儿一样逃避打针的江京雨，突然就恶作剧心思作祟，故意笃定地坚持："要打针的。"

"不打。"

"打。"

"不打！"

如果时间环境允许，这样子毫无营养的争吵，两人能够玩一个小时。但这是在公共场合，两个人一个比一个强硬的争执声，渐渐吸引了不少人的目光。江京雨耍赖似的坐在椅子上，椅背对着孟哲冬，揉着眼睛醒神。

孟哲冬坏笑着凑过去，要挟她："你信不信我连椅子一起搬到医院去？"

"不信。"

江京雨头也没抬，只觉得身体一轻，悬在了半空中。孟哲冬真的抱起了椅子，哦，不对，不是抱起了椅子，是把她给抱了起来。

公主抱。

周围起哄声、吹口哨声，热闹非凡。

江京雨挣扎了两下，被孟哲冬晃着胳膊颠了下，瞬间就老实了。孟哲冬哭笑不得地低头觑一眼江京雨紧紧缠到自己脖子上的两条胳膊，嗤笑了下："你紧张什么，我就是想抱稳点儿，还能真把你抛了似的。"

江京雨瞪了他一眼："放我下来，我自己走。"

"哦。"孟哲冬听话地将她放下来。

孟哲冬叉腰站在厨房，看着干干净净的锅碗瓢盆，思索该怎么操作。如果说江京雨的短板是打针，那他则是厨房，从小到大没做过饭。家里有阿姨，学校里有餐厅，吃腻了还能够去开小灶。

煮个粥吗？

孟哲冬在百度里搜索营养粥最简单的步骤，水、米、肉、菜，放在锅里煮。这样简单吗？太难了，他认为没必要，太简单了，他又觉得不靠谱。

江京雨吃了退烧药，半躺在沙发上订回沙市的票，无意间看到手机上有三个未接电话的提示通知后，后知后觉地问孟哲冬："你给我打这么多电话做什么？"

"我不给你打电话怎么知道你在网吧啊。"孟哲冬从厨房里露了个头出来，"你妈给我打电话说，你好像不开心，让我安慰你一下。"

江京雨瘪瘪嘴，佯装不经意地别开视线。

孟哲冬开火，将粥煮上，洗了把手从厨房出来："你以前遇到什么事情不都是第一个给我打电话吐槽的吗，怎么今天一个人跑到网吧里去了？"

对，没错。这就是孟哲冬今天酸的地方。孟哲冬不知道在网吧里江京雨对那个陌生男人说了什么，反正当孟哲冬拨过去的电话被接通时，那人告诉他，江京雨在这儿睡着了，心情不太好。

话不多，就一句，已经让孟哲冬开始嫉妒陌生人了。

他一直害怕自己真的朝江京雨跨出那角色转变的步子后，两个人之间的相处模式会发生改变——更亲近或者是更疏远。如果是前者，他自然是乐见其成，但如果是后者，他真的是认为得不偿失。

而此刻两人的处境，莫不是更疏远了？

她心情不好，竟然没有第一时间找自己诉苦，而是一个人躲起来。这不是他期望看到的状态啊。

"马上就要中秋了。"江京雨莫名其妙来了句。

"中秋了，就是国庆，今年两个节日挨得近吗？说不定又能连在一起有个长假期。"孟哲冬说完，察觉到她脸上的不对劲，半晌明白过来，声音缓了些，问，"今年叔叔阿姨又忙？"

江京雨哑着嗓子"嗯"了一声，百无聊赖地蹋了下，一个抱枕滚下去。

孟哲冬无所谓地故作轻松地叹了口气，捡起掉在地毯上的抱枕放到沙发上，坐下："估计今年我爸妈也没空，以前还有爷爷奶奶，今年只有自己了。"

对哦。去年冬天，孟家爷爷奶奶都去世了。

去年中秋他俩和孟家爷爷奶奶吃月饼赏月的景象历历在目，眨眼今年就只落了他们两个人了。孟哲冬坐在那儿，修长的手指捏着手机前后盖，一圈圈地转着玩，眼神落寞，神情哀伤。

江京雨嗓子堵了下，只听孟哲冬笑道："中秋你想怎么过，要不我们去爬山吧。站在山顶，是不是会距离月亮近一些？"

"麓山吗？"江京雨随口接。

"都行，远一点也行，你想去，我就陪你。"

江京雨哑声："孟哲冬。"

"嗯？"

"我好想好想，真的好想和爸爸妈妈一起。"她声音哽咽。

孟哲冬勾着嘴角笑了下，点头："我知道，我也想。"

其实，孟哲冬的情况比江京雨好不到哪里去，从小到大，与父母也是聚少离多。可能是男孩子，父母不管，正好野着。小时候的孟哲冬，真的是调皮得不成样子，就差上房顶掀瓦了。

不过后来有次爷爷因为担心而晕倒住院，孟哲冬便开始变乖了。

可能长此以往的烈性一时难以磨灭，只是稍微隐藏起来。在人前，温润如玉、谦和有礼，但私下里对熟悉的朋友面对江京雨面对家人时，还是喜欢闹没正行。

爷爷不止一次地夸他，长大了、懂事了。

可只有孟哲冬自己知道，他一点也不想长大。

他只想做那个藏在桌子下面打瞌睡，偷江京雨练字纸，没心没肺和江京雨打闹的孟哲冬。但是不得已，他必须长大。

因为他有了想要保护的人。

孟哲冬没有再说话，而是坐到江京雨身边，将胳膊横在她的肩膀上轻轻拍两下，搂着她的肩膀让她靠到自己怀里。他低头，吻了她的头发："我一直在。"

江江，我一直都在。

过去的二十五年，我在，以后的每一年，我也依然在。

晚上睡觉前，江京雨洗过澡吹干头发，心血来潮地推开了书房的门，没有开灯，在一片漆黑之中，借着窗外投射进来的微弱冰凉的月光，勉强分辨着照片里的细节。

孟哲冬在外面逛了一圈没有找到她，推开半掩的书房门，站到她身后。

江京雨察觉到他的动静，但是没有转身。在静默无声的深夜时分，她淡淡地问："你说，我爸妈会在家里这样摆我的照片吗？"

江京雨不甘心地说："有一张也行啊。"

孟哲冬只听到她的嗓音沙哑，揽过她的肩膀时，才感受到她在颤抖。

无声的哭泣最为致命。

孟哲冬抱着她，在暗夜里，一下下地轻轻拍着她的后背："以后，我陪你，每一个节日、每一天，我都在，每一张照片，自拍合照，我都保存下来。我们在家里摆一个更大的柜子，然后摆放各种各样的照片。"

他们不是称职的父母，那就让我们做称职的父母。

承诺太重了，孟哲冬怕压得她喘不过气来，所以不敢说。但是，他会努力，会坚定不移地前行。

江江，你相信我。

我一直都在。

Chapter ten
过来，抱抱

十一月底，《重读西安》这本书在读者的期待中上市。其间，江京雨在去漫炫文化还那件红外套时，误打误撞地接触了热血澎湃的二次元文化后确认下第二本书的选题，一件外套倒意外促成了双方合作。

《重读西安》新书发布会是在西安召开，书店老板是靳钩沉。用靳钩沉的原话说就是："以前没有觉得西安有多美，夏天过来的

一趟，虽然热得没心思欣赏景致，但仍然觉着这里醇厚的文化底蕴
与朴实的风土人情不愧为十三朝古都。北京那边的工作交接结束后，
便决定来了西安。"

"挺好的，一方水土一方人，我也是看了这本书后，才真正地
对这个城市的文化肃然起敬。"江京雨说。

时隔几个月，孟哲冬再见到靳钧沉，两人关系倒是默契熟稔。
他撞撞靳钧沉的肩膀，揽过江京雨的肩膀，得意扬扬地甩了下头发：
"喊嫂子。"

"过分了啊。"靳钧沉笑，"我比你大。"

孟哲冬笑："还真是。"

几个人说说笑笑，好不热闹。

这本书的文字作者谢清欢和英文翻译任长安也到了，郎才女貌，
一对璧人。谢清欢一身素裙，站在西装革履的任长安旁边，两人手
挽手进来。正午的阳光正好，洒在粉刷白净的墙壁上，金光灿灿，
两人踏光而来，江京雨眼睛都看直了。

"孟哲冬你掐我一下，刚才进来的是仙女吗？"

吃痛的孟哲冬很配合，吧唧亲了她一下："你没看错，是七仙
女和董永给你捧场来了。"

漫炫公司在西安有漫展活动，所以孟哲冬、江京雨多逗留了一

天，来凑热闹。

大家像是约好了似的，成双成对，倪屿生也带了男朋友过来。

那时在网吧，给江京雨披上红色外套的就是倪屿生的男朋友，为了避嫌，所以留下了自己女朋友的名片。

江京雨打量着眼前这个第二次见面美艳精致的男人，惊诧度不低于刚才看到仙女，对倪屿生说："小鱼儿，你男朋友长得真好看，像从漫画里走出来似的。"

"漫画男"自我介绍："你好，我叫徐稚献。"

"你好你好。"江京雨又多瞧了他几眼，转身一巴掌拍在孟哲冬的手臂上，冲他埋怨，"突然觉得，在场的几位男士，你最丑了。"

这话自然是开玩笑，情侣间的俏皮话。气氛一下子被带动起来，说说笑笑间，大伙就都熟稔起来。

靳钩沉抱着肩膀在一旁打断他们："行行好，你们拖家带口的，让我这个单身人士怎么办。"

"你说说你的要求，我帮你介绍一个。我们公司什么都缺，就是不缺妹子。"倪屿生一点也不见外，性格爽朗，眼睛一转，开玩笑，"男生也不缺，要是你喜欢，我也帮你留意一下。"她眨眨眼，笑，"你懂的。"

"我可是直男。"靳钩沉挺胸抬头，"我的要求啊——"目光无意地瞥了斜对面的江京雨一眼，还没等继续说下去，孟哲冬就眼疾手快地将自己的女人往后拉了一把，挡在背后。

正举着手机拍照的江京雨不提防他突然的动作，低低地拍着他的肩膀抱怨："你干吗，我手机差点摔了。"

孟哲冬牵着她的手，冲靳钩沉的方向举了举，宣示主权。

靳钩沉嗤笑，无奈地回答倪屿生："我喜欢可爱一点的。"

"正巧，有一个。"

徐稚献很有先见之明地问她："你不会说你室友吧？"

"聪明。"倪屿生夸完徐稚献，转头给靳钩沉看手机相册的照片，"你看看，可爱不，是个漫画家……"

靳钩沉一脸苦兮兮样儿求救似的冲徐稚献这边看看，后者耸耸肩膀表示自己也没有办法。绝望的靳钩沉也不好扫兴，只得佯装兴奋地回应着，在倪屿生的热情"推销"下，加上了倪屿生室友的微信号。

倪屿生笑嘻嘻："好好聊啊，等你们在一起了，记得请我吃饭！"

"一定一定。"靳钩沉苦笑。

不只是事业，两个人的感情，也有了进展。

以前没在一起的时候，以为在一起会是一道坎。但是，在一起后才发现，两个人的默契与了解让两个人的感情大大加分。

同学聚会上，老同学知道他们两个人成为恋人后，不约而同地欢呼：

"你们终于在一起了！"

"我早就说过他们要在一起吧！"

"我记得当时谁和我打赌来着，来来来，想起输的什么了就快点过来兑现！"

好久不见的老同学有说有笑，孟哲冬一边插科打诨地笑着，一边在桌子下面握紧了江京雨的手，放到自己膝盖上。

江京雨小声问他："干吗？"

"牵着你，才感觉到真实。"

江京雨嗤笑："你连我家在哪里、我爸妈都认识，我要跑能跑去哪儿？"

"也是哈。"孟哲冬得意地笑，"你也知道我的家底，我也跑不掉了。"

孟哲冬察觉到江京雨在情绪上细微的变化，她已经渐渐对自己产生依赖，或者说，这依赖在他还没有坦诚前就以她并不察觉的状态一直存在，现在的她已经完全适应"孟哲冬女朋友"的身份。

两人没有在员工面前隐瞒，也没有避讳私底下被议论什么。好像所有人都和老同学一样的心态，认为他们早就应该在一起。

这年秋天的某个周末，两个人像往常一样约会。孟哲冬等待着去卫生间的江京雨，突然，商场里一阵欢呼，他侧头看过去，三楼的书店门口拉着长长的横幅，总角文化正在那儿举办七周年活动。

去年秋天，他们忙碌自己的公司，无暇分心。

前年秋天，他们也是活跃在现场的 分了。

春华秋实，短短两年时间，他们有了自己的事业。物是人非，其实未尝不是一件好事，毕竟他们亦步亦趋地朝着既定的目标前进。

江京雨从卫生间出来，见孟哲冬正站在那儿愣神，过去拍了下他的肩膀："你在看什么呢？"

"你前公司。"

顺着他的目光，江京雨也看到三楼的书店，进进出出的有几张熟悉的面孔，有同事，也有活跃的读者。

孟哲冬问："要不要过去打个招呼？"

"算了吧。"江京雨挽上他的胳膊，往前走，"也不知道说什么。"

在江京雨离职时，关于卓祈桦的劣迹，并没有广而告之，所以虽然有了被打的小插曲，卓祈桦在公司还是好好坐在那个位置上。

以前的同事也少了联系，除非是有什么事需要帮忙时才能想起从通讯录最底端翻出来。过去打招呼，确实也没什么好说的。

两人朝着影院走去，话题没有停留在总角文化上。

一片漆黑的电影院里，孟哲冬感受到旁边人微低的气压，轻轻握了下她的手，关切地问道："怎么了？"

江京雨摇摇头，脑袋往他那边倾斜，靠在他的肩膀上，淡声解释："就是觉得好幸运，庆幸以前遇人不淑，庆幸没有错过你。"

她的声音在寂静的电影院里，压得很低，孟哲冬却一字一字都听清楚了。

"傻瓜。"孟哲冬嗤笑，轻拍她的头。

大银幕上一帧帧的画面变化，带感的音效从四面八方传过来。孟哲冬感觉靠在肩膀上的那颗脑袋越来越沉，她睡着了。

江京雨一旦坚定一个目标，就一定会不遗余力竭尽所能地去达到。这两年，孟哲冬尽可能地不让她过度疲惫，想方设法地缓解她的压力，但是她的执着与顽强像是一道屏障，自动将孟哲冬的分担与顾虑阻隔开来。

她太累了。

孟哲冬胳膊环过她的脑袋，捂在她的耳朵上，勉强隔绝掉四周的声音。

他盯着银幕，在想该用点儿什么办法让江京雨放松一下自己，不要总是这样紧绷着神经。

片尾曲响起来的时候，四周灯光大亮，江京雨迷糊地醒过来。她揉着酸掉的脖颈，视线茫然地看看四周，清了下嗓子，问："我怎么睡着了，你也不叫醒我。"

"我看这部电影不怎么好看，就没叫你。"

　　江京雨煞有介事地点头，跟着起身："那我们回去吧，下次挑个评分高一点的。"

　　随着人流往外走，江京雨胡乱扎起头发，心里在想回去要尽快把书籍的封面定下来。可是要做成什么样了的呢，她心里却暂时没什么主意。正想得出神，没提防脚下有个台阶，踩空之后，跟跄着重心不稳地往前跌了下。

　　孟哲冬眼疾手快，抓紧了她的胳膊。

　　"瞬间清醒了。"江京雨站定后苦笑。

　　孟哲冬拧着眉头，担心再度涌上来："过两天就是国庆了，你有什么想去的地方，我们出去散散心吧。"

　　江京雨刚想说她要忙工作，抬头就见孟哲冬一脸紧张而严肃地盯着自己，立马噤声。他不止一次地提醒自己，要劳逸结合，她却总是忘记。公司刚刚起步，需要几部作品出来，在圈里站稳脚。

　　"国庆景区里都是人，不要出去了吧。"江京雨语气有些敷衍。

　　孟哲冬听出其中的情绪，耐心地说服她："接下来要做的这本书，不是二次元的嘛，正好趁这个机会，我们去漫展看看，了解一下这个圈子的文化，更方便你做出契合的封面来。"

　　有点道理。

　　孟哲冬见江京雨有些动容，趁热打铁地又说："不会太远，沙市就有，漫炫文化组织的，我看网上的消息说排场挺大的。"说着就拿出手机，找到微博给她看。

江京雨挽着孟哲冬的胳膊，边往前走，边刷微博。她也不是完全不了解二次元，只不过程度不深。

江京雨看着漫展官博的嘉宾名单，放大看细节，觉得阵容还是有看头后，说："我直接用你手机买票了。"

"买吧。"过了会儿，江京雨将手机换过来时，孟哲冬又提议，"要不就多参加几场吧，我看南京、上海，也都有漫展安排。"

江京雨求饶："你要累死我啊！"

她举高手，四指并拢保证："我哪里也不去，假期也不工作了，我就想安安静静宅在家里看电影。"

"你什么时候变得这么懒了。"

江京雨无奈："我以前工作也没有这么累啊。"

孟哲冬抓住话里的重点，借机说道："知道累，平时工作时就放松点，慢慢做，一件件地来，总会完成的。"

"是是是，你说的都对。"江京雨撇嘴，"我以后每天工作标准的朝九晚五，就算你拿刀架在我脖子上让我加班我也不听。"

"放心，"孟哲冬捏捏她的脸颊，笑，"我怎么舍得拿刀对着你呢。"

国庆节前一天，孟哲冬收拾了行李，搬到江京雨的公寓，美其名曰"两个人一起看电影才有意思"。两人光着屁股一起长大，确认关系一年，突然要同居，江京雨还是有些不能够接受的。

江京雨的公寓一居室，孟哲冬在睡了两晚的沙发因为腰痛肩膀痛哀号不断后，江京雨终于允许他去床上睡。

小情侣的同居生活正式开始。

江京雨一个人睡惯了，如今多了一个人和自己躺在同一张床上，相邻着枕头，盖着同一张被子，特别不适应不习惯，以至于这天晚上，她失眠了。

她翻来覆去地在床上"煎鱼"。

孟哲冬半梦半醒间，横过来一条胳膊将人往怀里一揽，低声说："快点睡。"

"睡不着。"江京雨睁着眼睛，在昏暗的室内光线下，目光一寸寸地描摹着他的眉眼、他的鼻梁、他的嘴唇，"孟哲冬，你别睡了，陪我说会儿话。"

"在沙发上两晚都没睡好，我现在很困。"孟哲冬眼睛也没睁，摸索着伸手抓住她的手腕，向下移一些，反手扣住了她的手掌，有力地握紧，"快点睡。"

江京雨从耳朵上摘下个耳机塞到他的耳朵里，靠近时，飞快地啄了下他的嘴唇。

耳畔是舒缓轻松的英文歌，唇边余留着甜润的清香。孟哲冬睁睁眼，佯装正经地看她："刚才有蚊子咬我？"

江京雨撒娇："我失眠了，陪我聊天。"

"两点了。"孟哲冬提醒她，"明天八点还得去漫展呢。"

"可是我睡不着啊。"

"那就数羊。"

江京雨闹脾气："不想数。"

"你闭上眼睛，"孟哲冬温热的手心擦过她的眼皮，轻声说，"我帮你数。"

江京雨照做。

"一只羊，两只羊，三只羊……十只羊。"孟哲冬继续数，"一只羊，两只羊。"

江京雨打断他："数错了。"

孟哲冬一本正经地胡说八道："我的脑袋已经不允许我数十以上的数字了。"

江京雨咯咯笑："太笨了。"

孟哲冬不反驳："对啊，被你衬托得我很笨。"

江京雨执着："那笨蛋陪我说会儿话吧，说会儿话说会儿话说会儿话，就说一二三四五六七八九十句，然后就睡觉。"

"你是唐僧转世吗？"孟哲冬只觉得耳边嗡嗡的，像是有苍蝇在不停地飞。

"你陪我聊天，说我是猪八戒，我也乐意。"江京雨理直气壮。

孟哲冬哭笑不得："你再亲我下，亲一下说一句话。"

寂静的黑夜里，微弱的月光从窗帘缝隙中透进来，室内勉强可辨，只听她正经地说道："那我想想，我要你陪我说多久啊。"

与喜欢的人在一起，就算是做一些无所谓的事情，说一些无聊的废话，都觉得是无比有意义无比有意思。可能当身陷其中的时候不以为意，但当日后回忆起来，两人脑袋挨着脑袋，躺在床上聊天说废话的时候，真的很美好而且幸福。

有的人，一旦出现了，便不会离开。

孟哲冬之于江京雨，是这样的存在。

而江京雨之于孟哲冬，也是这样的。

两人聊到很晚才睡，江京雨第二天醒来时已经中午，睁眼就看到孟哲冬坐在地板上，背对着她，毫无精力地耷拉着脑袋，像是在检讨。

"你怎么醒得这么早？"江京雨翻了个身，朝向他。

孟哲冬头也不回，声音沙哑道："我一整晚没睡。"

"啊。"江京雨惊呼，"你不会在这里坐了一整晚吧。"

"错，如果我没有醒过来的话，我可能就是在地上躺了一整晚。"孟哲冬扭头，委屈巴巴地朝江京雨丢过来一个幽怨的眼神，"你知道吗？"

江京雨被他责问的语气，弄得心虚，仿佛是自己做错了什么事情似的。

"什么？"她反问，大脑飞速地在旋转思考自己做了什么。

孟哲冬转过身来，面朝她坐着，撩起自己的衣服下摆，给她看："都磕青了，你昨天睡着后，把我从床上踢下去，"他比画了个手势，"两次。"

见他一脸被欺负不能还手的委屈样儿，江京雨没忍住，"扑哧"一下笑出声。

"你还有脸笑！"孟哲冬抗议。

江京雨将笑憋回去，坐在床上冲他敞开怀抱："来，不委屈，上来再睡会儿。"

孟哲冬怨念地盯着她，将手机晃了晃："中午了，起床，吃饭，去漫展。"

"哦。"

看着孟哲冬起身进了卫生间，江京雨忙下床趿拉着拖鞋跟过去，撩他衣服看："你磕得严重吗，我看都青了。"

"磕地板上，你说疼不疼。"

江京雨憋笑："疼。"

孟哲冬挤了牙膏，给她牙刷，然后自己也开始刷牙。

江京雨叼着牙刷，一边扎头发一边冲着他笑，含混不清地说："我把你踢下去了，你不会去沙发上将就一晚啊。"

"懒得动。"孟哲冬翻白眼，报复似的将江京雨扎好的简易丸子头揉松些，"找个管，今天你做饭，你开车，你管我吃喝拉撒，我这几天没有休息好，没有脑子管事情，得你管我。"

一连串要求，孟哲冬说出来都不带停顿的。江京雨瞪他："你是魔鬼吗？"

孟哲冬气定神闲地挑挑眉："我是你男朋友。"

"行吧。"江京雨漱口，从镜子里看他，"今天，你是听妈妈话的一天。"

"脸呢？"被占便宜的孟哲冬白她一眼。

江京雨掬了捧水拍在脸上，如实回答："正在洗呢。"

早饭……哦，不对，是"中午饭"，江京雨做的，煎了两个鸡蛋，然后煮了一小锅米粥。孟哲冬坐在餐桌旁边玩手机，享受着被人伺候的滋味。

江京雨端着碗筷坐下，就见孟哲冬嘴角弯弯，问："笑什么？"

孟哲冬摇头："我刚才在想，如果早知道你能够成为我的女朋友，那我早点表白多好。"

"你早表白，我还不一定答应呢。"江京雨对比了两个煎蛋，将糖心的那个夹起来。

孟哲冬挑眉看她："说不准，就答应了。"

江京雨故意和他较真："说不准的意思就是概率小。"

"那又怎样，反正你现在是我女朋友，想反悔也晚了。"孟哲冬幼稚起来，简直让江京雨无法忍受。

吃过饭，孟哲冬抻着两条腿仰躺在沙发上，高举着手机在打游戏，江京雨开始化妆挑衣服打扮自己。

"你还记得我十八岁的时候长什么样子吗？"江京雨一边照镜子，一边问孟哲冬，"你觉着我二十七岁的样子，和十八岁时有什么区别？"

孟哲冬继续玩游戏，头也没抬："不管你十八岁，还是八十岁，在我心里都是最好看的。"

江京雨瞪了他一眼，重新问："我知道我肯定好看，我是问你，你觉着我老了没？"

"老了……没？"孟哲冬眨眨眼，游戏结束。

他放下手机，走去她旁边站在她身后，正经地打量着镜子里的人："一点也没老。"

孟哲冬戳戳她的脸，说："童颜。"

江京雨嗤笑。

　　孟哲冬看着镜子中的她，真心不觉得有什么变化，亭亭玉立。
孟哲冬记得以前的时候，江京雨纯属是个假小子，可能是被他传染
了，没个正行，豪气直率。不知什么时候起，江京雨变得精致起来，
每天早晨会用很长的时间收拾头发，会考虑今天穿什么衣服，说话
变得细声细语，在人前，永远是一副温柔女神的模样。

　　但在他跟前，她倒是解放本性，放飞自我。

　　互怼拌嘴、动手打架。

　　像小时候被他抢零食抢玩具的小孩子，永远长不大，自由自在，
无拘无束，多好啊。

　　孟哲冬希望看着这样真实的江京雨，也希望她能够一直这样
下去。

　　时间残忍，一天天不觉得如何，可某一天，回头望望，原来，
在不知不觉中，竟然已经过去了那么多年。

　　"江京雨，二十七岁了。"孟哲冬望着镜子中的她，淡淡地说。

　　"是啊，二十七岁。"江京雨对着镜子挑起眼尾，有些惆怅。

　　时间过得飞快，十岁的时候，觉着二十岁距离自己好远，可
二十岁了，却觉得三十岁眨眼就到了。

　　"江江。"孟哲冬盯着镜子里紧挨在一起的两个人，一个失神，
突然就喊了她一声。

　　江京雨下意识地答应："怎么了？"

"没事，就是喊你一声。"孟哲冬摇头，叫她后又不清楚自己到底想要说什么。

莫名其妙地，有个想法涌出来，像是意料之中，又像是计划之外。现在说出来太仓促，现在不说，又觉得有些遗憾。

两个人从穿开裆裤一起长大，上同一所学校，在同一个饭桌上吃饭，听同样的睡前故事，有着同样的生活经历。如果没有成为恋人，两个人更像是家人。即便他们是恋人，也依旧能够成为家人。

这瞬间，孟哲冬想要娶她。

孟哲冬想要问问她，愿不愿意，嫁给我。

愿不愿意，让我照顾你，许久许久，直至死亡将我们分开。

江京雨被他突然发神经的严肃弄得好奇，扭头聚精会神地盯着他。孟哲冬嘴角抽抽，陷入了挣扎而又忐忑的头脑风暴中。

他不敢说。

就像向她表白这个决定，孟哲冬都是做了许久的挣扎与心理斗争之后，才敢于迈出去的。

才刚确认恋人关系一年不到，就要求婚，是不是太着急了些。更何况，他什么也没准备，如果真的要有所行动，也需要一些仪式感才对。

两个人没僵持太久，门铃响起来。

"我去开门。"孟哲冬最先落荒而逃。

　　江京雨坐在梳妆台前黯然神伤了会儿，被自己方才脑袋里突然蹦出来的猜想吓了一跳，她竟然以为孟哲冬要求婚。

　　既期待，又忐忑。

　　期待的是，孟哲冬这颗执手终老的心，忐忑的是，孟哲冬会再次因为顾虑却步。

　　笨蛋，想那么多做什么。我都已经答应做你的女朋友了，怎么会不答应做你的新娘呢。

　　江京雨被自己心里这个念头吓了一跳。

　　客厅里传来不断的哭声，然后孟哲冬在喊她。

　　江京雨忙停止了胡思乱想，起身出去："怎么了？"

　　唐桃夭正站在玄关处，眼睛红通通的，泣声抽噎："江江姐……"

　　唐桃夭哭着朝江京雨这边扑过来，江京雨安慰地连连拍着她的后背，一面朝孟哲冬投过去询问的目光，后者也是一脸茫然，无奈地耸肩摇头。

　　"你们聊，我出去待会儿。"孟哲冬主动给俩姑娘留出空间。

　　"只有我们两个人了，"江京雨柔声安慰她，"发生什么事情了吗？"

　　唐桃夭鼻子一酸，声音暗哑："江江姐，你怎么样才能够判断自己喜欢一个人啊？为什么丁坤不喜欢我，他明明对我这么好，明明我这么好……"

她难以抑制地哭泣着，是在问问题，更像是在倾诉。

断断续续的内容连贯起来，江京雨也就明白了是什么事情。就在刚才，唐桃夭向丁坤表白被拒绝，唐桃夭一时不能接受这个结果。

"我和他认识那么多年，没有人比我更了解他了，我相信他一定是喜欢我的。但是为什么，我好不容易鼓起勇气来表白，却要被拒绝呢。"

上个月，丁坤与前女友分手，借酒浇愁，情绪抑郁。唐桃夭几次热心地去当倾听对象，对方坏脾气地赶人，唐桃夭也不以为意。她起初不觉得自己对他还存在什么非分的感情，只当是多年好友积攒下的深厚友谊，但在室友你一句我一句的煽动下，她终于承认自己有点喜欢丁坤。

这个念头一起，像燎原的星星之火，灭都灭不尽。

所以今天上午，唐桃夭鼓足了勇气杀到丁坤面前，大胆地表白了。

"你抽什么风啊。"丁坤一脸嫌弃地皱着眉头给出了这样的回复。

唐桃夭郑重其事地表示："我是认真的，我做你女朋友吧。"

丁坤不解地看她："可我不喜欢你啊。"

江京雨一张张地扯着纸巾，递给这个泣不成声的女孩儿。曾几何时，江京雨也闹过类似的笑剧，不过她及时止损，没有让两人间变得尴尬。如果，当时她也直接向孟哲冬表白了，得到的答案应该也是拒绝吧。

在合适的时间表白，就能够携手相恋。

在错误的时间告白，或许只会落得两厢尴尬。

江京雨挺庆幸，自己没有在错误的时间做出错误的事情来。

孟哲冬在小区里逛了圈，又在路边打了个车去到附近最大的商场，在柜台前面挑了半个小时，最终选了一款钻戒，求婚用。

从商场出来，孟哲冬将两个人的共同朋友，拉进了一个讨论组，说明来意——

"我打算求婚了，大家多多支着。"

群里连连哀号："虐狗啊虐狗啊。"

黎落看到他们修成正果倒是欣慰，不怕多吃这两口狗粮，开玩笑："提供主意的能省份子钱吗？"

"能，倒贴你们份子钱。"孟哲冬郑重其事地回复。

"我有主意！"

"我也有主意！"

"我也有！"

群里整齐划一地一直回复。

孟哲冬哭笑不得："你们倒是说说啊。"

又是统一的一句回复："马上想。"

过了会儿，倒是发过来不少消息。五花八门的一些建议，没一个能用的。

孟哲冬看了会儿手机，又紧张又想笑，过了冲动带来的热情，他开始不自信起来："在一起一年就求婚，会不会有点着急？"

"不早了，你们都认识二十七年了。"黎落给他吃定心丸，"一般情侣，有七年之痒、十年之痛什么的，我觉着你们肯定不会有的。都认识这么多年了，要是合不来早就打翻了天，还能忍到现在。"

"也是。"

黎落好奇："你打算什么时候求婚？"

"月底吧。"在一起一周年的时候。

女孩子的情绪，来得快去得也快。唐桃夭哭累了，洗了把脸，江京雨带着她去吃了顿大餐，然后两个人在商场里逛了一下午，买了一堆新衣服，瞬间神清气爽、心情舒畅。

从商场出来，天空阴沉，飘着雨。唐桃夭直接打车回了学校，江京雨站在商场前的雨棚下，等孟哲冬过来接。

两人前不久买的车，是除了公司外，两个人第二项共同财产。对，江京雨很喜欢这个词语，共同财产，属于他们两个人的。公司距离不远，平时上下班坐地铁也方便，不过孟哲冬一再坚持，要有车。

沙市的生活节奏不算快，上下班高峰期堵车也不比北京大城市那样严重，开车更自由些。

傍晚时分，下了雨的缘故，空气有些凉，一场秋雨一场寒，小风一吹，身上凉飕飕的。江京雨搓着胳膊站在那儿，翘首以盼地看着远处雨幕下，渐渐驶来的车子。她举着手袋正要过去上车，就见孟哲冬冲她挥挥手示意她站在原地别动，他停好车，撑着伞过去接她。

"怎么穿这么少？"孟哲冬皱着眉头脱了自己的外套给她披上，揽着她的肩膀朝车子走去。

江京雨靠在他怀里，感受着温热的体温："我没想到会下雨。"

"回去喝点儿板蓝根，预防一下，别着凉感冒。"

"不用，我下午一直在室内，没有吹到风。"江京雨狡辩。

孟哲冬打着方向盘倒车，不忘挖苦她："预防着点儿吧，真感冒了，要吃更多的药。"

江京雨自知理亏，撇撇嘴，没有继续争执。

"你晚上吃饭了吗，一会儿回去我做。"他手掌盖在她的脑袋上揉了揉，哄她。不会做菜的孟哲冬自打花上心思研究菜谱后，做出来的东西种类虽然不多，味道却不错。

江京雨爽快地应着，报了几个想吃的菜名。

孟哲冬笑着一一记下来，唉声叹气地诉苦："明明今天是要被你伺候的一天，反过来却成了我做晚饭。"

　　江京雨得了便宜还卖乖："都怪唐桃夭。"

　　"啧。"孟哲冬瞥她一眼，拆穿她，"看你的意思是还挺期待伺候我的啊，要不明天吧，明天给你一个伺候我的机会。"

　　"哎，对了，"没等他说下去，江京雨机智地换了话题，"你知道今天唐桃夭找我什么事吗？"

　　孟哲冬顺着她的话："什么事？"

　　"还真被你说准了，她喜欢丁坤，然后今天表白了。"江京雨话锋一转，略微遗憾地说，"不过被拒绝了，所以她一时难受，就跑过来找我诉苦。"

　　孟哲冬关心错了重点："你们俩什么时候这么熟了？"

　　"也不是很熟，就一直有聊天。"江京雨有些走神，不在状态，"断断续续有聊过天，她问了一些关于工作实习的事情。"

　　"今年大四？"

　　"大三。"

　　江京雨顿了下，突然话锋一转："孟哲冬你知道吗，我以前有次，也差点被室友怂恿着，对你表白了。"她说完，目不转睛地盯着孟哲冬，想看他是什么反应。

　　孟哲冬表情淡淡的，目不斜视地看向前方，专注地开车，回道：

"是大一，在餐厅，那次你对我室友表白的时候，对吗？"

江京雨眨眨眼一脸惊讶："你知道？"

"我这么聪明，有什么不知道。"孟哲冬歪头笑笑，略微得意。

江京雨翻白眼，埋怨他："那你还装傻，当时我要尴尬死了。"

孟哲冬没作声，不知道在想什么。过了会儿，江京雨听见他安静地说："那个时候我还没有意识到自己喜欢你，如果拒绝了，那尴尬的，岂不就是我们了。"

孟哲冬偏头看江京雨，江京雨却别开脑袋，看向了窗外。

车窗上细密地落满雨痕，街道的景致变得模糊。

孟哲冬是个聪明的人，会尽可能周全地考虑事情，在没有把握之前，是不会去做的。让他将表白的话说出口，可能就是他破天荒的一次冲动。

所以孟哲冬，你现在站在我面前不动就好，剩下的距离，我朝你走去。

孟哲冬的手机在口袋里嗡嗡响了几次，都是求婚群里的消息提醒。在江京雨看了他几次后，孟哲冬笑呵呵地说是宿舍群，将手机关了静音，这才安静。

就像表白一样，求婚的事情，孟哲冬再三犹豫。他的勇气就像是气球，很轻易地就能够被扎破，或者未扎紧的气口随着时间的推移慢慢漏气瘪下去。孟哲冬有这个想法，却又怕江京雨拒绝。

回到公寓，刚踏进家门，就听江京雨来了句："孟哲冬，我们结婚吧。"

正在换鞋子的孟哲冬脚底一滑，意外地看了看手机，怀疑是有人通风报信。他站稳，故作镇定地朝她走去，问了遍："你刚才说什么？"

"结婚吧，"江京雨目光笃定地看着他，"我们。"

江京雨看着她，强调："你不要装傻，如果不想，就拒绝，我不怕尴尬。"

哪里需要什么花哨的仪式，哪里需要什么考究的计划。

她敢说出口，他就敢答应。

她敢爱，他就敢娶。

孟哲冬坚定地道："我想。"

国庆结束就是中秋，两个假期挨着，一起放。

家人团圆的节日，江京雨的情绪不自觉地低落，看着超市货架上精致的月饼礼盒，看着街上幸福说闹的一家人，每每她都会加快脚下的步伐。

孟哲冬将她这些小细节收在眼底，佯装不察，继续忙碌自己的事情，却在私下里以出差的名义去了趟南京，见到了江叔叔江阿姨，并成功地说服他们在中秋节那一天留出时间，回家陪江京雨吃一顿饭。

为了给江家准备一顿丰盛的团圆饭，孟哲冬一早便去了超市，采购各种各样的食材。江京雨看着他兴高采烈的状态，忍不住出声提醒他："节假日的物价要比平时贵一些，不用买这么多，我们吃不了。"

"吃得了，团圆饭一定要丰盛一点。"

中午的时候，孟哲冬特意打电话给江家父母确认他们已经在回来的路上这才放心。

距离晚饭还有两个小时，孟哲冬进进出出在厨房里尝试着比较难做的几道硬菜，江京雨倚在门框上和他说了会儿话，就被他赶到客厅里看电视。

江京雨百无聊赖地按着一个个的电视台，就连广告都是跟中秋相关的。

她有些想爸妈，看着广告里那一大桌子的团圆饭，那一家子的欢声笑语，就觉得自己特别落寞。她将电视的音量调大些，让只有两个人的家里显得热闹些。

厨房里乒乒乓乓，在她印象里，不会做菜的孟哲冬不知何时起已经掌握了这项技能。

"不用做很多，够吃就行。一会儿吃完饭，我们出去看个电影吧。"江京雨冲厨房喊，"你想看什么，我买晚上八点钟的票了？"

孟哲冬露露头，端出来一盘洗干净的葡萄给她吃："先不用买，吃完饭再安排。"

"一会儿就没好位置了。"江京雨咬着葡萄，口齿不清。

孟哲冬扯了个纸巾擦干净手上的水渍，弯腰将她从地毯上抱到沙发上，又从旁边掀了个毯子，盖在她裸露的两条腿上："那就在家里看。"

"哦。"江京雨闷闷地应了声，低头吃葡萄。

孟哲冬忍着想要给她一个惊喜，所以并没有直接告诉她，叔叔阿姨正在来的路上。

"我回家去取一瓶红酒。"

江京雨要起来："我陪你去吗？"

"不用，我开车一会儿就回来了。"

江京雨坐在客厅里吃葡萄，又酸又甜，她却味同嚼蜡。她目送孟哲冬拿着车钥匙出门，将手里的果盘一放，紧绷的身体瞬间就松散下来，像个无助的孩子抱着膝盖坐在沙发上，背后软绵绵的是刚才孟哲冬将她抱到沙发上顺手塞过去的抱枕。

她坐在那儿，轻轻地闭上了眼睛。

大脑渐渐放空，一片寂静，似要睡着了。

　　孟哲冬车子开出去一半才意识到手机没有带出来，他原本是想要拨个电话问一下叔叔阿姨几点到，自己好过去接。

　　将车了掉了个头，他折回去取手机。

　　坐在沙发上渐渐要睡去的江京雨被沙发垫下的一阵振动惊醒，是手机在响。掉在沙发垫夹缝中的手机，应该是孟哲冬将外套放在沙发上时无意中从口袋里滑出来了。

　　她拿起手机，原本是想放到茶几上，无意间扫了一眼手机屏幕，是妈妈的电话。

　　江京雨接起来，没等说话，就听电话那头传来："小冬啊，路上车子出了问题……"

　　孟哲冬推门进来时，看着江京雨又坐回地毯上，狼吞虎咽地在吃葡萄。

　　"我刚才到停车场才想起来手机没有带。"孟哲冬语气轻松，"今天的葡萄很新鲜吧，你要是喜欢吃，我一会儿再去超市买点回来。"

　　"孟哲冬。"江京雨将桌子上的手机递给他，淡淡地说，"你不用去拿酒了。"

看着她的状态，孟哲冬隐隐担心，下意识地看了眼手机："怎么了？"

江京雨坐回到沙发上，拿起抱枕放在腿上："刚才我妈打电话过来，说车子在路上出了问题，可能会过来得晚一些。我说不用折腾让他们回南京了。"

"抱抱。"江京雨冲孟哲冬张开了胳膊，重复，"过来，抱抱。"

孟哲冬刚从室外进来，一身冷气。江京雨紧紧地把他抱在怀里，却感到前所未有的踏实与安心。

我有你就够了。江京雨在心里默默地说。

你是恩赐，是我不幸人生中，最大的幸运。

江京雨享受着孟哲冬一下下拍在自己后背上的节奏，想起在他回来前自己接到的电话内容："小冬，你替我们给江江道个歉，学校那边的项目出了问题，所以今天我们不能够赶回去陪她吃饭了。"

一滴清泪从江京雨的眼角掉落，打在了他的手背上。

不凉，很烫。

就像他的心。

两人抱了会儿，江京雨恋恋不舍地推开他的肩膀，揉着肚子嘟嘴道："饿了，你去做饭。"

"好。"

"吃完饭我们去看电影。"

"好。"孟哲冬点头，"都听你的。"

江京雨甜蜜地弯了嘴角："你真好。"

看完电影又去江边走了许久，断断续续说了好多话，从小到大发生的很多事情，想到什么就说什么，没有拌嘴没有互怼，就那样走啊走，好像能一直走下去没有尽头。

两人睡得有些晚，第二天又是假期，所以起得晚了些。

门铃被持续按了两分钟，隔壁的住户都能够被叫醒了，屋里两个人仍旧无动于衷。

"是不是没在家啊？"江爸爸猜测。

江妈妈说："我打个电话试试。"

在门铃加电话铃的接连轰炸下，孟哲冬终于醒了。

两个人和衣躺在一张床上——江京雨身上盖着被子，孟哲冬躺在旁边，隔着被子拥着她。

他一翻身，江京雨就醒了，她迷迷糊糊地说："你去看看是谁敲门，好吵。"

"这么早，应该是邻居吧。"孟哲冬看了眼手机，中午十二点了，一点也不早了，"你再睡会儿，我去看看。"

江京雨把被子一蒙，隔绝外界声音，睡着了。

孟哲冬从卧室出来，两人放在客厅的手机正轮番嗡嗡地响着，他拿起自己的手机，边接通电话便朝门口走。

　　"喂，小冬啊，你和江江在一起吗？江江是不是没在家啊？"

　　"在……"

　　"你们在家啊。"江妈妈说，"那快点开门。我和你江叔叔在走廊门口敲了半个小时的门了，隔壁邻居都快出来撵人了。"

　　孟哲冬受宠若惊地开了门，看着门口拎着月饼礼盒的江家父母，一脸震惊："叔叔阿姨，你们怎么来了？"

　　"忙完学校的事情就赶过来了，今天给江江补过中秋。"

　　江京雨穿着睡衣，揉着乱糟糟的头发从卧室里出来，看到父母意外出现在屋里，惊喜："爸妈！"

　　虽然中秋已经过，月亮也已落，但一家人团团圆圆地在一起，不管是哪一天不管是不是节日，都是值得开心的。

　　这就是生活，是值得期待的。

　　在狼狈而又匆匆的时光中，充满着惊喜与坎坷，那些你所有期待的，可能会迟到，但终究能到来。

　　你要耐心地等。

　　开开心心地等待着。

260

番外一
夫妻双双把家还

求婚仪式这种一辈子只有一次的事情，孟哲冬怎么忍心让江京雨缺少体验。

圣诞节的时候，公司和往年一样装饰圣诞树、在玻璃上贴圣诞贴纸，同事将准备的礼物挂到圣诞树上，再轮流去盲选，享受着分享的快乐与收到礼物的惊喜。

孟哲冬准备了一枚戒指，放在丝绒袋子里，挂到圣诞树上。

提前已经知晓的同事们十分默契地挑选了其他礼物，独留下戒指孤零零地挂在树上。

江京雨不知情地去摘树上的礼物："你们都把大的挑走了，这个小袋子里肯定不是好东西？"

孟哲冬在一旁看着，笑而不语。

同事们也屏气凝神，暗搓搓地举着手机准备拍照录像。

"让我看看是什么啊。"江京雨话音刚落，还没等拆开包装，四周就暗下来。

墙壁上挂着的彩灯散发着微弱的光，江京雨一脸茫然地四处望望，只见孟哲冬款款朝他过来，单膝跪地，在她一脸错愕中，将戒指盒从丝绒袋子里取出来，拿出了戒指。

江京雨又想笑，又想哭。

孟哲冬深情地望着她："二十七年前第一次见到你，余生便没有再分离。不管是二十七岁，还是七十二岁，我都希望可以一直陪着你，护着你，爱着你。江江，你愿意嫁给我吗？"

江京雨清了下嗓子佯装严肃地问："如果我拒绝，你是不是要把我从楼上扔下去？"

"不扔你，我自己从楼上跳下去。"

"我可舍不得你跳。"江京雨笑着向前伸手，"我愿意。"

两人的婚礼定在第二年的夏天，阳光大好，人心舒畅。

婚礼上，播放了一个视频。

是孟、江两家父母翻箱倒柜之后，找到两个孩子从医院出生至今的照片以及录像，在江妈妈用心编辑制作后，压缩成了三十分钟的视频。

从躺在婴儿床上的两个小孩儿，一直到婚礼上两人西装婚纱的郎才女貌，江京雨和孟哲冬是确确实实的青梅竹马。

视频的最后，一切繁华归于沉寂，孟哲冬紧张地走下红毯，从江爸爸的手中，接过一身白纱明媚动人的江京雨，郑重其事地低声说了句话。

周围都是喧哗，热闹极了。

孟哲冬声音不大，只有江京雨听得清楚。

他说的是："我陪你长大，也陪你到老。"

江京雨红着眼眶，看着眼前这个无比熟悉的俊俏男人。

小时候调皮捣蛋的模样，与此时此刻英俊潇洒的新郎形象重叠起来。

婚后第一年，江京雨体检查出来身体有点小毛病，把孟哲冬紧张坏了，将公司的事情主动包揽下来，江京雨每天的工作成了浇浇花养养鱼。

两人一个办公室，江京雨一有工作要忙，孟哲冬就眼疾手快地抢过去。

以至于江京雨整天在办公室里，抱着个抱枕，坐在太阳底下看书。

国内的国外的、言情的悬疑的、各种各样的书籍，办公室和家里的书架，很快被填满。

结婚后的第二年，江京雨想要一个宝宝，但孟哲冬一直说不着急，孟家没有传宗接代这一说。

江京雨看着黎落整天在朋友圈里，晒着自家娃的照片、视频、小段子，心里羡慕得不得了。

江京雨给孟哲冬说了自己想要宝宝的理由后，孟哲冬信誓旦旦地说："这简单。"

晚上，江京雨洗白白穿了新买的性感睡衣，躺在床上凹造型。

孟哲冬扑过来抱着她吻了会儿，神秘兮兮地塞了一个大礼盒给她。

江京雨莫名其妙："这是什么？"

"娃娃啊。"孟哲冬义正词严地解释，"特意定制了四个娃娃，还有很多衣服，你每天就可以给它们拍拍照片、发发朋友圈。"

"……"

江京雨郁闷地拍了照片向闺蜜吐槽："看，我的娃。"

　　黎落笑得那叫一个惨绝人寰："我看着娃挺像你们俩的，孟哲冬这是照着你们的样子定制的啊。"

　　江京雨苦笑着，心情郁闷。

　　儿童节的时候，公司去福利院捐赠图书做公益。

　　只见孟哲冬一手牵着一个小孩子，在小孩儿堆里玩得不亦乐乎。

　　江京雨气愤地拍下这场景，给黎落发过去又吐槽："我想通了，他不是不喜欢小孩儿，而是只喜欢我的身体，不喜欢我的人。"

　　未免两个人感情真出什么问题，黎落将聊天记录原封不动地给孟哲冬发了过去。

　　孟哲冬这才说出实情，和江京雨达成约定，先养身体。

　　他说："比起宝宝，我更想你长长久久地陪着我。"

　　又过了半年，江京雨开始备孕。

　　两个月后，验孕棒上两条杠，江京雨如愿以偿地做起了准妈妈。

　　江京雨和二胎的黎落整天凑到一起，没有什么正经事，天天翻着本砖头厚的字典，给两个还没有出生的孩子，取名字。

　　黎落对这件事情特别重视，向江京雨传达着过来人的经验："我和你说，当时我生第一个的时候想不就是一个名字嘛，随便取就行，反正叫什么都一样。但是看着孩子越长越大我就越来越讨厌她的名字。所以这第二个啊，我要认认真真地取。你也一样，慎重一点，别让男人取，他们取的名字，不能听。"

于是每天晚上，孟哲冬香软在怀时，中间总是隔着个硬邦邦的方块大字典。

孟哲冬亲江京雨两下，江京雨就将字典往他脸前一挡，一本正经地问他的意见："你翻翻，看哪个字寓意比较好啊。"

孟哲冬黑着一张脸，被迫坐起来开灯看字典，那小老头儿模样就差戴一副老花镜了。

孟哲冬一手抱着老婆，一手抱着字典，有意见："你整天和黎落凑在一起瞎琢磨什么呢。今早和蒋格晨碰面时，听他说家里有本大字典，我还笑话他来着。谁知——"他嘴一瘪，道，"笑早了。"

江京雨圈着他的脖子，"吧唧"亲了他一口。没等他加深这吻，她一扭头，去翻字典："女孩子的话，名字里我想让她带'欢'，男生的话，想让他名字里带'丽'。"

"有什么说法？"

"是这样的。"江京雨嘿嘿笑，让孟哲冬莫名心虚，有种不好的预感，"我以前上学时，很喜欢的一个小说作者，她的名字里用到了'欢'这个字。"

"女的？"

"嗯。"

孟哲冬脸色淡淡，没什么起伏："那'丽'呢，是谁？"

"你知道的。"江京雨戳了孟哲冬的肩膀一下，刚才满是笑容的脸上一皱，突然难过起来，唉声叹气，"**我最最最喜欢的**个二次元歌手，不过后来退圈了，不知道有生之年还能听到他的歌声吗。"

"我去哪儿知道。"孟哲冬吐槽，"你'墙头男神'一大群，还不是看谁的剧粉谁的颜。"

江京雨提醒他："我最长情的歌手，就只有他一个。"

孟哲冬睨了她一眼，想起来她说的是谁："我想起了，那歌手退圈那天，你在 KTV 吼了一晚上他的歌。"

"对对对，就是他。"

"呵，女人。"孟哲冬不开心地瞪她，"你现在躺在我床上呢，竟然想着别的男人。你生的也是我的孩子，还敢用别的男人的名字。"

江京雨长叹，解释："那是我的青春啊。"

孟哲冬宣布立场："我还是你的一生呢。"

好像真的生气了。

见孟哲冬沉着一张脸，江京雨心虚，扯着他的袖口柔声哄他："我最长情的爱人，只有你。"

"这还差不多。"孟哲冬露了笑脸，拍拍字典，"你取的这名字，和字典没什么关系啊，我看这字典就丢掉吧，或者搁公司用，省得一个两个的编辑连最基本的字词都校对错。"

"暂时是没有关系，你可以翻翻，再找两个字。凑一起，成三个字的名字。"

孟哲冬轻笑着，觉着这个主意十分馊。

字典被扔到一边，老婆被推倒在床上，他说："不用翻字典，我已经取好了。"

"叫什么？"

"女的叫孟江女，男的叫孟江南。都有咱俩的名字，十分有意义。"

江京雨一脸嫌弃地拧了眉头。

"别躲，让我亲一下。"

"不，我不让你亲！"她扯着嗓子抗议，"我不要生孩子了，你取的这破名字，我都能想象得到他们上学时被同学嘲笑取外号的画面！孟哲冬，我不要孩子随你姓了。"

"行啊，"孟哲冬见招拆招，"那就女孩叫江山欢腾，男的叫江山秀丽。四个字呢，洋气，还有了你要求的字。"

"孟哲冬！"

"在！"

“不过了，这日子没法过了。”

“老婆，我错了。”

......

番外 二
桃子小姐的在劫难逃

很多时候，我们往往因为太熟悉，而忽略掉身边人的优点。去追逐新鲜，追逐刺激，但那终究不是港湾，最优秀的往往都在身边。

好在，等有一天累了、倦了、野够了，终会回到那个对的人身边。

唐桃夭希望自己会是丁坤的那个对的人。

唐桃夭回头望望过去的二十年，真是无比拉风。而这份让人引以为傲的悸动与骄傲，全都与丁坤有关。

八岁那年，她因为父母工作变动，搬家换学校，成了丁坤他们班的插班生。她个头矮矮的，扎着两个羊角辫，大红色的双肩包压得她走路时挺不直背。

新班级报到那天，她站在讲台上，对着全班介绍自己的名字。在老师的安排下，她坐在最后一排中间的位置。

丁坤正趴在桌子上用橡皮当弹珠玩，她经过时，丁坤的橡皮滚在地上，正巧被不知情的她踩了一脚。

丁坤一脸心疼又气愤地瞪了唐桃夭一眼，唐桃夭吓得后退了半步，脚崴了。

那个年纪，同桌间都流行画三八线，周末英语补习课，他俩同桌。

唐桃夭不喜欢学习，被父母硬塞到补习班，从第一节课起便耷拉着一张脸，像是别人欠了她一吊钱似的。老师安排学生做题，唐桃夭就趴在桌子上画画。

没一会儿，丁坤拿笔尖戳戳她。

唐桃夭凶着一张脸偏头看丁坤，后者正视前方，小声提醒他："老师在看你。"

"看就看呗。"唐桃夭不以为意，她拿出水笔，在两人中间画了一条粗粗的线，表示，"那边是你的地盘，这边是我的，不能越界。"

说完，唐桃夭就趴在桌子上继续画画。过了会儿，胳膊又被丁坤撞了撞。

唐桃夭板着张脸生气地瞪他一眼。

丁坤特别无辜地指指她的手肘处，提醒："水笔还没干，你蹭到衣服上去了。"

唐桃夭气得想哭，那天她穿的是一件白色的新衣服。

小时候丁坤可乖了，乖得像是个小女生。走路慢吞吞的，说话低声细语，咋咋呼呼的唐桃夭在他跟前，简直像个假小子。

一来二去相处久了，两人成了不错的朋友。唐桃夭拍着胸脯信誓旦旦："你认我做大姐，有什么事，我罩着你！"

不过再长大些，丁坤的脾气就和他的身高似的，渐渐超过了唐桃夭。

两人之间，也就成了丁坤罩着唐桃夭。

唐桃夭在他跟前娇气又"作"，时常惹是生非，丁坤一副"有什么办法，我罩的人我负责"的态度，让她很是受用。

时间久了，唐桃夭默默地给丁坤贴上了自己所属物的标签。

以至于初中有次文艺演出，丁坤答应了一个女生要去看她排练。

唐桃夭和那个女生特别不对付，之前那女生刁蛮任性地在她生物书上乱涂乱画。所以，唐桃夭不乐意丁坤与那女生来往。

为了不让丁坤去看排练，唐桃夭捂着肚子一脸痛苦地装肚子疼。

只见她小脸煞白，丁坤吓得不轻，联系了老师送她去医务室。

也不知道是唐桃夭天生会演戏，还是身体都给面子地配合，唐桃夭辗转又被送去了医院。

这回不是演戏，是阑尾炎。

丁坤没看成排练，但是唐桃夭一点也不开心。她误打误撞地被查出了阑尾炎，不情不愿地在医院里躺了一周。

从小唐桃夭的成绩就不好，为了去重点高中，初中最后那年简直就是人间地狱。

几年的知识，唐桃夭被逼得一年内学完，而且还得学好，没有休息日可以玩耍。十四五岁年纪的小女生，身上逆鳞重，又是在叛逆期，不服从管教，趁父母不注意便从家里跑掉了。

他们那里有条街，那时治安有疏漏，出没的都是不良少男少女，打架闹事的事情天天不断，唐桃夭一个没注意自己走到那儿了。

路边蹲着几个男生朝她吹口哨，言语粗鄙地和她打招呼。

唐桃夭加快脚步想要离开，就被其中一个黄毛男生拦下来："妹妹，请你看电影啊。"

她扭头要走，黄毛男生转个身又堵住她。

墙角蹲着的几个男生在看热闹，起哄声不断。

唐桃夭瞪着眼，一副很不好惹的样子。对方哈哈笑着一点也不怕。

丁坤不知道怎么来这儿的，突然就出现在她的身边，拽着她的胳膊往身边一拉："你妈让我来找你。"

黄毛男生的同伴见丁坤只有一个人，凑上来给同伴撑场子。

丁坤不惊不怕，将唐桃夭往旁边一推，对为首的黄毛男生说："让她走。"

"行，走呗！"黄毛男生往旁边吐了口痰，爽快答应，"正好我手痒了。"

唐桃夭被丁坤瞪了一眼后，往街口走，两步三回头。

她抱着膝盖坐在街口广场的运动器械上，有些后悔又有些愧疚。过了会儿，丁坤走出来，鼻青脸肿的，衣服也破破烂烂，嘴角还有血。

唐桃夭吓傻了，昂着脑袋就开始哭。

丁坤一边忍着疼，一边还得想办法安慰她。

那之后唐桃夭就变乖了，认认真真地学习，一点怨言都没有。

丁坤的那次"英雄救美"给唐桃夭留下了很美好的印象，以至于在接下来的高中三年，唐桃夭开始了苦楚不断的暗恋之路。

丁坤入学成绩特别好，被分到了尖子班。唐桃夭为了让丁坤对自己刮目相看，奋发图强，成绩一次次地进步，一次次地让人惊喜。终于，在高二文理分班时，唐桃夭如愿以偿地和丁坤分到了文科一班。

班里有个女生也喜欢丁坤，成绩比唐桃夭还要好。

较真的唐桃夭不服输地在成绩上攀比起来，用了一个学期的时间，终于在期末考试上超过了对方。

以至于高二暑假的补习课，唐桃夭沾沾自喜地在那女生面前昂首挺胸、耀武扬威。

因为过分骄傲，在新学期的期中考试，唐桃夭跌得很惨。

看着自己与那女生间的差距，她一鼓作气，不超过那女生不罢休。

因为情绪波动太大，唐桃夭的成绩时高时低，飘忽不定，好在高考的时候，唐桃夭发挥超常，而那女生却发挥失常，两人差了几十分。

还没等唐桃夭欢喜多久，她便听说了丁坤与那女生在一起的消息。

丁坤与唐桃夭报考了同一所大学，而女生决定复读一年。唐桃夭一腔深情喂了狗，郁郁寡欢了半个月。

半个月后，唐桃夭也找到了自己的初恋。

那年暑假，唐兴依为了锻炼唐桃夭独立生活的能力，给她找了个兼职，去养老院做义工。

有位老人的儿子闹事，唐桃夭气不过站出来理论，被为难。对方动手，推了她肩膀一下，还欲动手打她。

卓祈桦就是这时候出现的，替唐桃夭挡了一巴掌，将她护在身后。

事后，唐桃夭表示了感谢，卓祈桦作为过来人，告诫她以后遇到事情在不确定自己足够安全时不要强出头。唐桃夭一腔热忱无处发泄，振振有词地说是老人的孩子做得不对。

那天两人谈了许久，卓祈桦的话丰富着唐桃夭并不充实成熟的认知。

傍晚离开时，唐桃夭才发现自己的小电瓶车被人放了气，没办法只能推着车子往家走。

卓祈桦的车子经过，冲她按两下喇叭，打招呼，在得知她车子坏掉后，他主动提出来送她回家。

后来又在养老院见了他几次，两人渐渐熟了起来。

少女怀春总是诗，唐桃夭对卓祈桦莫名生出一种崇敬与仰慕，渐渐喜欢上了这个比自己大几岁的成熟稳重的男人。所以，在卓祈桦表白时，她没犹豫地答应了。

初恋大都是心酸的，唐桃夭也不例外。

在得知卓祈桦劈腿后，丁坤第一个为她出头。

两人打了一架，不过这次丁坤没输。拳击训练馆里，卓祈桦被打趴在台上，被丁坤逼着离唐桃夭远点儿。古文里说："士之耽兮，犹可脱也。女之耽兮，不可脱也。"其实一点也没错，丁坤的举动让不知情的唐桃夭感到有些气愤。

后来，唐桃夭撞见了卓祈桦与别的女人亲密的场景，才渐渐消除对丁坤的误会。

唐桃夭的初恋就这样结束了，但是丁坤与那女生的异地恋情，却完好如初。唐桃夭心中很不服气，所以对于丁坤，总是一副爱答不理、忽冷忽热的样子。

但是，后来……

自己喜欢他？自己怎么会喜欢上他？自己为什么会喜欢上他？

一时冲动的表白，像是开弓没有回头箭，让两个人的关系变了味道。

有些尴尬，有些遗憾，但是不后悔。

唐桃夭不后悔自己的表白，只是遗憾丁坤没有喜欢上自己。

后　记

与你相遇，好幸运

　　关于后记的内容，迟迟不知道写些什么好，却一心固执地想留下点儿痕迹。

　　当我拿到一本书，习惯最先看后记。

　　我更倾向于关注与我有相近的三观、相同的爱好、相似的脾性的作者，不谋却能合，而后记里最能捕捉到这些蛛丝马迹。我一直乐此不疲地这样做，只是不知道，那些拿到这本书的读者，是不是也有这样一个小怪癖。

这本书从落笔到完稿，写得非常快。

这个青梅竹马的故事，像是自己的记忆一般，印在我的脑海里。我要做的，只是找到合适的词语，准确地描述他们。

我小时候因为父母工作的变动，频繁地搬家，所以我的生活圈里，并没有从小玩到大的朋友。

记忆中曾出现过那么一个女孩儿，她很聪明，能拼那种复杂的乐高，她也很笨，在街上好好走着路能把拖鞋踢进下水道。

我们会偷用大人的口红将嘴唇涂得像是吃辣椒肿了似的，我们会一起等下午少儿频道的大风车乐园，也会模仿《金粉世家》的经典桥段演得不亦乐乎。

我家在一楼，她家在四楼。

那时候没有学会告别，那天清晨，父母收拾好行李带着我和弟弟坐车离开时，她攥着扑克牌正兴高采烈地下楼找我。我们在楼梯口碰面，当时并没有意识到分别便是永远。

我接过她的扑克牌再也没有机会还回去。

那一年八岁，读二年级。

崭新的环境里有新的朋友站在我家窗下喊我上学，我也会给新的朋友准备生日礼物，偶尔还会被班里的臭男生欺负。

家附近的广场上有一种花，听大人说它们每天傍晚七点半开放。于是每天晚饭还没吃完就丢下筷子往广场跑，撅着屁股蹲在花坛旁，掐着时间等它们开放。那是我们的秘密基地，那时过年文化广场上还会放两个小时的烟花。

我们手牵手，以为不会再分离。

直到弟弟到年龄开始上学，父母无暇照顾两个孩子的生活起居，便决定将我送到姑姑家读初中。

小学最后一场考试结束后，我和朋友们躲进文化广场的大舞台上，蹦蹦跳跳地唱着某年六一儿童节上表演过的节目。我们过家家开超市扮演爸爸妈妈，那一年《还珠格格》大热，我们一人拽一条手绢模仿梨花带雨的紫薇。

我将姑姑家的座机号码写下来，给了最好的朋友。

那一年十一岁，小学毕业。

初中毕业后，我考上了省城一中。距离家近一些，回家的次数多了起来，而与姑姑家那边的初中朋友却越来越疏远。

我渐渐习惯在陌生的环境中做到最快速地融入与自处。

情窦初开的年纪，我开始悄悄在日记里藏着喜欢男生的名字，看他喜欢看的书，走他走过的路，听他无意中提起的歌。

可能是越长大锋芒就越明显，也可能我的青春期来得比较晚。

我会在自习课上偷吃辣条吃柚子、戴着耳机看英文版《暮光之城》；我会和既无话不说又臭味相投的好朋友吵架、闹僵，渐渐变得陌生；我也因为座位分配不公与老师理论，场面尴尬失控。

　　争吵后的那句对不起还没有来得及说出便又分别，喜欢的男生因为转学毕业拍合照时没有到场。我已经学会了分别，但是并不喜欢它。

　　那一年十八岁，高中毕业。

　　有相遇就会分别。意识到这一点的我，对于分别并没有那样的恐惧。

　　这一年二十二岁，我再一次，与一群朋友走散。

　　我来到陌生的城市，从事自己热爱的职业，班级群里热热闹闹说着的玩笑、讲着的段子都成了最美的回忆。

　　我还会遇到更多的人，与更多的人分别。

　　但是，我不再害怕。

　　能够相遇，便是一种幸运。而分开，也不应悲伤。

　　江京雨与孟哲冬的爱情，罕见而又珍贵。青梅竹马而又两情相悦，终究是一大奢求。

唐桃夭与丁坤，才是更多人的常态。我私心在大大的童话故事里埋藏了小小的现实，不是为了强调现实的残酷，而是希望每一个女孩儿都能够对爱情充满渴望与期盼，相信自己能拥有那渺小的幸运。

你要相信，你终究会遇到对的那个人，就算没有青梅竹马的陪伴，也可以有一见钟情、怦然心动的时刻。抑或，在未来的某一天，在地球的某一个角落，唐桃夭与丁坤，仍然能够以久别重逢的姿态遇见，兜兜转转，幡然醒悟对方才是自己的命中注定。

我们要等。

用自己最好的姿态，等那个对的人到来，不早不晚不遗憾。

2018 年 10 月

长沙

廿四欢